El silencio de las sirenas

Adelaida García Morales

El silencio
de las sirenas

EDITORIAL ANAGRAMA
BARCELONA

Portada:
Julio Vivas
Ilustración: «Flaming June» (1895), de Lord Leighton (Museo
de Arte de Ponce, Puerto Rico)

Primera edición: noviembre 1985
Segunda edición: diciembre 1985
Tercera edición: enero 1986
Cuarta edición: marzo 1986
Quinta edición: abril 1986
Sexta edición: mayo 1986
Séptima edición: marzo 1987
Octava edición: junio 1987
Novena edición: octubre 1988
Décima edición: octubre 1989
Decimoprimera edición: mayo 1990
Decimosegunda edición: octubre 1992
Decimotercera edición: mayo 1993
Decimocuarta edición: octubre 1993
Decimoquinta edición: julio 1994
Decimosexta edición: mayo 1995

© EDITORIAL ANAGRAMA, S.A., 1993
   Pedró de la Creu, 58
   08034 Barcelona

ISBN: 84-339-1728-5
Depósito Legal: B. 23611-1995

Printed in Spain

Libergraf, S.L., Constitució, 19, 08014 Barcelona

El silencio de las sirenas fue galardonado, el día 15 de noviembre de 1985, con el III Premio Herralde de Novela por un jurado compuesto por Salvador Clotas, Juan Cueto, Luis Goytisolo, Esther Tusquets y el editor Jorge Herralde.

A Victor

Pues Dios permite que lo que no existe
sea intensamente iluminado.

FERNANDO PESSOA

Elsa se despidió de mí con una breve carta: «María, te dejo estos regalos, consérvalos si quieres. ¿Volveremos a encontrarnos? Un beso.» Y se olvidó de firmar.

Sobre una mesita de madera, cubierta con un paño de terciopelo ocre, había ordenado diferentes objetos: una postal que reproducía un cuadro de Paolo Ucello: san Jorge y el dragón; una flor seca y azul que, según decía, se llamaba «Love in a mist»; una vieja caja china conteniendo una fotografía suya y la copia de todas las cartas que había enviado a Agustín Valdés; una carta que había recibido de él, un retrato de Goethe contemplando la silueta recortada de un rostro de mujer; una sortija de platino con incrustaciones de diamantes; un libro: *Las afinidades electivas*; la reproducción de una litografía de Goya, en la que se ve a un hombre inclinándose sobre una mujer que oculta su rostro con un antifaz. Al pie hay unas palabras: «Nadie se conoce». También me dejó un cuaderno, el suyo, en el que había ido escribiendo su amor, dirigido a Agustín Valdés. Y, finalmente, había una carta para Agustín y que aún no había cerrado.

Cuando me dirigía a esta aldea en la que conocí a Elsa, venía con el propósito de abandonarla si no lograba soportar la soledad que me esperaba. Pues aunque he viajado con relativa frecuencia, y he conocido un considerable número de ciudades, tanto de España como del extranjero, nunca me había sentido atraída por lugares solitarios y aislados, los que se me habían aparecido siempre como simples nombres perdidos en los mapas. Y, sin embargo, cuando dejé atrás la venta de Las Angustias y entré en Las Alpujarras, tuve la impresión de cruzar una frontera precisa y de penetrar en un mundo extraño que se volvía hacia sí mismo, encerrado en una quietud intemporal. Multitud de pueblecitos se escondían entre silenciosas cordilleras, indiferentes a ese otro mundo que quedaba fuera, lejano y confuso. La carretera ascendía por las montañas. Me dirigía a un lugar que se elevaba a mil quinientos metros por encima del nivel del mar. A medida que iba subiendo crecía la intensidad del silencio que silbaba en mis oídos. Cuando al fin divisé el valle del Poqueira me quedé anonadada: era el paisaje más bello que yo había visto en mi vida. Los pueblecitos blancos parecían dormir, apretados como líquenes, en la ladera y en la cumbre de una mon-

14

taña inmensa. Después, la intensa luz del sol de esta tierra y la solemnidad del paisaje me provocaron tal exaltación, que por unos instantes desaparecieron todos mis temores.

La primera noche dormí en la pensión y cuando, al día siguiente, me desperté era ya media mañana pero reinaba un silencio de madrugada. Salí a dar un paseo y me pareció que me encontraba en un lugar diferente al que había llegado el día anterior. Una niebla luminosa cubría las calles irregulares del pueblo y había hecho desaparecer las montañas. Una inmensa nube subía desde el fondo del barranco empujada por un viento suave. A ambos lados de la carretera se divisaban fragmentos de un campo verde y frondoso recortado entre la niebla. Regresé a la aldea y deambulé entre calles laberínticas y blancas. Las nubes avanzaban por ellas, cubriendo poco a poco el pueblo. De la densa niebla surgían algunos rostros de piel endurecida y arrugada, como máscaras hurañas. Surgían enmarcados en las ventanas, en las puertas, o errabundos por aquel dédalo en el que ya, desde el principio, me sentí atrapada. Eran rostros de una curiosidad infantil y respondían a mis saludos con una mirada mezcla de sobresalto y esperanza, de cordialidad y resentimiento. Ante sus miradas me sentí invadiendo la intimidad de una grande y serena familia. Pero después, con el paso del tiempo, vi que estos pueblos que desde lejos, cuando te vas acercando a ellos, parecen dormir en las faldas de las monta-

15

ñas o encaramados en sus cimas, después, cuando de alguna manera te han hecho suyo, aunque sólo sea con esa dudosa aceptación que aquí se tiene para el forastero, levantan a tu alrededor un auténtico griterío. Poco a poco vas comprendiendo que esa aparente quietud puede ser cualquier cosa menos paz. Pasiones violentas mueven los hilos de esas vidas que en un principio parecían tan serenas. Detrás de sus miradas reservadas, incluso hoscas, late siempre una desconfianza hostil, el recuerdo de un odio antiguo aún no olvidado, el amor imposible que destrozó la vida... Y poco a poco vas descubriendo en los ojos huidizos de estos aldeanos una indiferencia cruel, una curiosidad despectiva y, también, el dolor de muchas separaciones, el dolor de un pueblo que agoniza. Y empiezas a ver la enfermedad por todas partes, enfermedad que aquí no se cura porque no hay dinero para prolongar las vidas inútiles.

La casa que, como maestra, me habían asignado ofrecía un aspecto lamentable: era casi cuadrada y sus paredes excesivamente frágiles para soportar el frío, la nieve, las lluvias y el viento de estas montañas. Terminé por alquilar otra del pueblo. Era una de esas extrañas construcciones bereberes, con chimenea, varios niveles, gruesos muros de piedra y terrados planos de launa.

A veces he llegado a maldecir esta aldea, su silencio y su quietud. Sin embargo, creo que ahora no podría marcharme, pues estas montañas una y

16

otra vez me sorprenden desde su silencio perfecto. Parecen brotar de la oscuridad misma de la tierra. Se alzan ahí, siempre libres y sin sentido alguno, como un paisaje anterior al tiempo de los hombres. En los bancales que se levantan en sus laderas aún se pueden ver las huellas de un descomunal esfuerzo humano. Pero un esfuerzo que se muestra inútil con apenas unos años de abandono. Varias generaciones de jóvenes han rechazado la dureza de estos campos, para emigrar a las fábricas y los suburbios de grandes ciudades. Y en lugar de su trabajo aparecen ya amplias extensiones de tierra árida y salvaje de nuevo.

Una de las actividades más gozosas para mí era la de dar largos paseos al atardecer por los campos de alrededor, por la carretera o por las calles de la aldea. Y, desde el principio, me llamó la atención la cantidad de viejas solitarias que deambulaban por todas partes. Eran seres extraños que parecían habitar en la linde misma entre la muerte y la vida. Eran mujeres nacidas con el siglo, lentas y enlutadas, que se entregaban a sus tareas cotidianas con una rutina que parecía ser otra cosa. Pues sus miradas, absortas siempre en algo invisible para mí, no parecía que tuvieran nada que ver con las palabras o acciones que, al mismo tiempo, mostraban. A veces las veía como si fueran seres geométricos, casi vegetales, cuyos movimientos eran tan mecánicos como los de las abejas de una colmena. Otras veces creía ver en sus rostros algo que podría ser el residuo terco de otra cultura, algo que yo ya no podría conocer más que en sus aspectos más triviales. Y cuando las observaba mientras daban de comer a las gallinas, cuidaban a los conejos, barrían la puerta de su casa... se me antojaba que esas acciones cobraban en ellas unas dimensiones desconocidas para mí, como si constituyeran una complicada red de emociones impenetrables.

Yo deseaba conocer eso que ellas habían creado en sus vidas para llenar tanta soledad. En una ocasión lo comenté con Elsa, pero ella sólo quería saber qué habían inventado para renunciar tan serenamente al amor. Pues eran mujeres que habían dejado de serlo para convertirse en otra cosa, libres ya de las imposiciones sociales de su sexo. Podían vivir solas sin que parecieran añorar a los seres queridos, muertos o ausentes. No existían para nadie y sólo una sombra las oscurecía: la enfermedad y no la muerte. Aunque, según ellas mismas decían, la peor amenaza era el hospital, ese taller de cuerpos, donde sabían muy bien que se podía morir sólo de horror.

De muchas de estas viejas sólo conseguí escuchar un tímido saludo, murmurado al cruzarse conmigo en la calle, donde ya desde lejos venían mirándome con descaro. Todas ellas me parecían ritualizadas al máximo. Y, sin embargo, cada una tenía sus propios ademanes. Claro que ninguna logró captar mi atención tanto como Matilde y su facultad especial, de la que hablaré muy pronto. Antes de verla ya habían llegado hasta mis oídos los rumores que sobre ella corrían por el pueblo en sordina y constituidos más por silencios y miradas temerosas que por palabras. Pero creo que lo que más excitó mi curiosidad fue su relación con Elsa, a quien conocí precisamente en su casa.

Era Matilde una viejecita delgada y de escasa estatura y sus ojos miraban con descaro y penetración. Un día me acerqué a ella mientras tomaba el sol en su puerta. La saludé y me respondió sonriendo. Entonces me detuve y le dije:

—¡Qué buen tiempo hace! —Pues ante estas mujeres, no sé por qué, nunca tengo mejores ocurrencias.

—Sí, hace un día muy claro —me respondió, y con un dedo me señaló el triángulo invertido que el mar formaba en el horizonte, allí donde dos montañas se cruzaban.

—Mire —dijo—: es la sierra de la Berbería.

Me concentré entonces en el triángulo marino y vi unas sombras fantasmales, como dudosas montañas. Era la costa de África.

—De vez en cuando aparece allí, en el mar —aclaró con entusiasmo.

La sierra de la Berbería era el país de los moros. Estos aldeanos parecían sospechar que aún seguían por aquí, escondidos entre los riscos, intentando recuperar sus tesoros enterrados bajo la nieve o bajo las tierras que ellos mismos enseñaron a cultivar. Ya una vez volvieron, según cuentan algunos, más feroces que nunca, en la guerra de Franco, alistados en su ejército. Todavía queda el recuerdo de sus salvajes correrías. Pero no lograron recuperar sus tierras, ni desenterrar sus tesoros. A veces se diría que les consideran enemigos de Las Alpujarras. Y cuando, en primavera, las golondrinas tardan en llegar, hay quien afirma, yo misma lo escuché, que los moros las matan al pasar por Africa para que no lleguen hasta estas montañas.

II

Después de un mes viviendo en esta aldea, mi
relación con sus habitantes era exactamente la misma que el día de mi llegada. Muchos de ellos todavía se volvían al cruzarse conmigo, y permanecían
parados en medio de la calle, contemplándome con
un descaro que a mí me parecía intolerable. Era
como si creyeran que yo no podía, a mi vez, verles
a ellos también, o como si mi mirada y mis pensamientos no tuvieran ninguna importancia. Al principio, con las viejas que se sentaban a tomar el sol
de mediodía, cruzaba algunas palabras, siempre las
mismas, siempre sobre el tiempo o sobre la tranqui-
lidad del pueblo y los sobresaltos de las ciudades.
Matilde solía decir, más o menos, las mismas vaguedades que las demás y, sin embargo, a mí me parecía
que me estudiaba atentamente por detrás de sus
palabras, las que se levantaban entre nosotras como
un verdadero telón tras el que ella se escondía. Pero

mis débiles contactos quedaron interrumpidos muy pronto por el frío del invierno, que las obligó a encerrarse en sus casas.

Una noche, por primera vez, alguien llamó a mi puerta: era una mujer que decía llamarse María, igual que yo. Matilde la había enviado a buscarme. Aparentaba unos sesenta años de edad, pero su cuerpo conservaba una extraordinaria vitalidad y en su rostro, muy arrugado, aún se podían apreciar los restos de una considerable belleza. Después de presentarse y comunicarme el motivo de su visita, me dijo:

—¿Ha sentido usted hablar del mal de ojo?

—Sí, claro. ¿Quién no ha oído hablar de esas cosas?

—Matilde sabe curarlo —dijo bajando el tono de voz, como si me revelara un secreto.

En seguida añadió:

—Hay quien tiene un poder de destrucción en la mirada. Algunos dicen que esas personas llevan un caballo en los ojos. Todo lo que miran lo van destruyendo. Yo no creo mucho en todo eso pero, por si acaso, cuando pasa por mi puerta una mujer de la que yo tenga dudas si lo hace o no, y mira alguna de mis macetas, lo que hago ocultamente, callandico, con mi espíritu, es decir: «¡Bendígate Dios!» Y entonces ya no lo puede hacer, porque como eso no es cosa de Dios, sino que es cosa diabólica, nombrando a Dios ya no tienen poder. Se lo echan a las plantas, a los animales y a las personas, sobre todo a los niños. Pero a las que más se lo hacen es a las cabras cuando van a criar. Por eso antes le ponían en el collar, con el cencerro, un lazo colorado, para que apagara la ira del mal de ojo. Pero, como ya muchos no creen en esas cosas, nadie le pone el lazo a sus cabras.

A aquellas horas de la noche, mi lugar preferido se hallaba junto al fuego de la chimenea. Pero era la primera vez que alguien del pueblo me invitaba a su casa, así que acompañé a María más por cortesía que por curiosidad. Pues el mal de ojo nunca me había llamado la atención. Me parecía algo insignificante y sin sentido. Y la ceremonia del sahumerio, por lo que ella empezaba a describirme, se me presentó tan aburrida como una misa. Sin embargo, sí excitaba mi curiosidad el personaje de Matilde en aquel trance.

Cuando entramos en su casa, lo primero que vi fue la cabra, inmóvil en una esquina, con esa quietud tan digna que sólo ellas saben mantener. Miraba al frente con una extraña fijeza. Nadie le prestaba atención, a pesar de que iba a ser la protagonista de la ceremonia. Matilde, al verme, se limitó a saludarme con su sonrisa habitual. Se deslizaba entre las sombras de la cocina con movimientos rápidos y precisos. Ella sola preparaba todo cuanto se iba a necesitar para conjurar el mal de ojo que padecía el animal. Mientras tanto, me presentaron a la tercera María, pues teníamos que ser tres. Era algo más joven que la que vino a buscarme, muy delgada, con el pelo recogido en un moño sobre la nuca. En su rostro sólo parecían existir unos ojos negros inmensos, profundamente sombríos. De pronto, entraron tres hombrecillos. Eran los tres Juanes, también imprescindibles para el sahumerio. No eran jóvenes y venían bromeando entre ellos. Tenían un aspecto desvalido y los tres se parecían algo. Se movían impacientes ante la chimenea. A mí me parecieron escolares que jugaban a hacerse los hombrecitos escépticos, traicionados por sus risas nerviosas, sus voces tímidas, su ansiedad... Las mujeres, en cambio, se mostraban muy serenas y graves, conscientes de la importancia de aquel acto. Miraban a los Juanes con una tolerancia maternal. Hasta que, de pronto, la más joven de las Marías se impacientó y les ordenó que se callaran.

—¡Ya está bien! —dijo con autoridad—. ¡Esto no es ninguna tontería! Aquí lo sabemos todo. ¡Lo que pasa es que sólo se le reza al santo hasta salir del tranco!

Y, al decir estas palabras, que evidentemente iban dirigidas a los Juanes, me miraba fijamente a mí, que me mantenía tan discreta como la cabra. No me atrevía a hacer ni el más leve ruido. Tenía la impresión de que mi presencia allí, en aquellos momentos, era por lo menos una impertinencia. Y estaba segura de que los demás lo notaban. Matilde me trataba como a una extraña. Aunque en realidad se dirigía a todos nosotros guardando una solemne distancia y, cuando al fin dio la señal para empezar, parecía otra mujer. Había cogido una gavilla de romero, que colgaba de una alfajía del techo, atada con una tomiza. En un cuenco de cerámica introdujo, con unas tenazas, unas brasas de la chimenea. Nos ordenó ella misma en una formación circular, en la que alternábamos los Juanes con las Marías, Iba de uno a otro y, más que andar, parecía deslizarse, sin peso, coordinando sus movimientos con una armonía digna de un ballet, mientras cortaba un mechón de pelo de cada uno de nosotros y un trozo de nuestra ropa. Introdujo todo en el mismo cuenco, junto a las brasas en ascuas. Finalmente encendió el incienso y el romero. El mismo silencio de las montañas y de la noche penetró entonces en aquella habitación. En el centro del círculo se había situado ella con la cabra y el sahumerio, que iba pasando de uno a otro mientras hacía una invocación: «Por las tres personas de la Santísima Trinidad... tómalo tú, María... tómalo tú, Juan...»

Al observar a Matilde envolviendo a la cabra con sus movimientos, balanceando el sahumerio alrededor del animal, por primera vez pensé que el mal de ojo tenía que ser algo: un gesto misterioso del alma... una vibración maligna que se escapa... una palabra cargada de odio... No sabía qué explicación se podría dar a aquello que mantenía a esos aldeanos religiosamente unidos en un rito que sólo la cabra y yo parecíamos no comprender. Entonces, ante aquella vieja mujer, rígida y solemne, sahumando al animal misteriosamente enfermo, sentí un hondo respeto. En aquel trance parecía transformada, más joven y esbelta. Sus ojos no parpadeaban y, clavados como garfios en las ubres de la cabra, se habían agrandado extraordinariamente. Entre dos Juanes habían alzado el animal hasta la altura de nuestros rostros. Finalmente Matilde dejó el sahumerio y llenó de agua una taza blanca. Empapó tres dedos de su mano derecha en aceite, y dejó resbalar una gota de cada uno de ellos hasta la superficie del líquido que sostenía con la otra mano. Acababa de trazar una pregunta en el agua, bajo la forma de tres vértices de un triángulo. Seguramente no sabía a qué o a quién interrogaba. Pero lo que quiera que fuese iba a responder con el mismo lenguaje: si las gotas se disolvían en el agua, el mal de ojo desaparecería. Pero si, por el contrario, se mantenían intactas, cada una en su lugar, la víctima del hechizo moriría.

Cuando todos se marcharon, yo me acerqué a Matilde, que contemplaba satisfecha las gotas ya deformadas y disueltas en el agua. Había logrado conjurar el mal que sufría la cabra. Entonces se dirigió a mí:

—¡Hace un frío de fenecer! —dijo solamente.

—¿Por qué me ha mandado llamar a mí? —le pregunté sin ningún preámbulo.

—Porque se llama María.

—Pero yo creía que estas cosas eran muy secretas.

—Y lo son. Pero usted podía venir.

26

Traté de interrogarla, pero ella, cordial y distante, mostró una extraordinaria habilidad para salir airosa de todas mis preguntas sin responder, en definitiva, a ninguna de ellas.

Me marché pensando que aquella mujer era más civilizada que yo. Al menos poseía un perfecto control sobre cada uno de sus gestos, las expresiones de su rostro, el tono de su voz, sus palabras...

III

Apenas habían transcurrido dos semanas desde que participara en la ceremonia del sahumerio, cuando, de nuevo, la misma María vino a buscarme una noche. Esta vez ni siquiera me preguntó si podía acompañarla. Desde la puerta, sin querer entrar en mi casa, me dijo:

—¡Dése prisa! Nos están esperando.

—Pero, bueno —protesté contrariada—, ¿es que aquí se echa el mal de ojo a cada dos por tres? ¡Menudo trabajo!

—Ahora —me respondió visiblemente ofendida— no lo han echado en este pueblo.

Quedé desconcertada y temiendo que Matilde fuera la encargada de conjurar ese mal en todos los pueblos cercanos. Pensé que asistir una vez a aquel rito era incluso interesante. Pero de ninguna manera quería perder el tiempo en completar un círculo del que, por otra parte, me sentía tan marginada. A pesar de ello, no supe negarme a acompañar a María, como hubiera deseado.

Cuando entramos en la amplia cocina de Matilde, el círculo ya estaba formado. No había más luz que el resplandor de las llamas de la chimenea. Al ocupar el sitio que me había sido asignado, no pude contener una inoportuna exclamación de asombro, rompiendo el silencio casi sagrado que Matilde nos imponía. En el centro del círculo no había una cabra, sino una mujer: Elsa. Me pareció muy joven, aunque más adelante supe que ya había cumplido los treinta años. Se vestía con una escrupulosa elegancia y con un descuido no deliberado. Llevaba una chaqueta marrón de terciopelo, a pesar del frío, un jersey negro y una vieja falda vaquera de un azul desteñido y que le llegaba hasta los tobillos, dejando al descubierto la piel reseca de unas botas camperas. Estaba de pie, frente a mí, y tenía los ojos cerrados. En su rostro, iluminado por el resplandor de las llamas y por una ligera emoción, percibí una entrega sin reservas a la ceremonia que Matilde oficiaba. Y, durante todo el tiempo que duró aquel rito, ella no hizo el menor movimiento, ni abrió sus ojos una sola vez. Yo la contemplaba asombrada ante aquella quietud vegetal que se había apoderado de todo su cuerpo. Su delicada belleza me abstraía de todo lo que me rodeaba, absorbiéndome en ella por completo. Y, ante tan inhumana inmovilidad, pensé que quizás ella no estuviera allí, entre nosotros, sino que, de alguna manera, se habría ausentado y se movería, en aquellos momentos, en otro espacio, entre figuras de una realidad imaginaria. Y no me equivoqué, según pude comprobar más adelante, al conocerla. El reflejo era para ella lo realmente intenso. Y en eso decía que consistía precisamente la vida: en intensidad. No importaba que ésta viniera más del simulacro que de lo real.

Matilde dejó resbalar las tres gotas de aceite desde sus dedos hasta el agua de la taza que sostenía en la otra mano. En seguida se deshizo el círculo. En pocos minutos se habían marchado todos menos Elsa y yo, que llegué a sentirme entonces como una auténtica sombra, pues estaba segura de que ella ni siquiera me vio a su lado mientras contemplábamos la superficie del agua. Las gotas de aceite no se habían diluido, dibujaban con precisión los tres vértices de un triángulo. Este era el peor de los presagios, la señal de que la ceremonia había fracasado. Elsa se despidió lacónicamente y se marchó sin dar muestras de haber advertido mi presencia. En aquella atmósfera me pareció, de pronto, que realmente pesaba sobre ella algún grave hechizo. Me había impresionado tan vivamente que no pude apartar su figura de mi imaginación durante gran parte de la noche.

Al día siguiente hice algunas preguntas sobre ella en el pueblo. De los pocos y breves comentarios que pude escuchar, deduje que no era posible la existencia de una persona tan solitaria. Había llegado a estas montañas antes que yo, pero nunca me había cruzado con ella por las calles, ni en la tienda, ni en el bar. Había venido sólo a descansar y a curarse de una anemia terca y prolongada que se resistía a desaparecer. Pero después supe que su enfermedad, si así se la podía llamar, no era la anemia sino otra, más sutil y peligrosa, que con el silencio de estas tierras creció envolviéndola en una dulzura inmensa y minando sus fuerzas sin que a ella pareciera importarle mucho.

Aquel mismo día decidí hacerle una visita. Vivía en el barrio más hondo de la aldea y su casa era la única habitada de la penúltima calle. Mientras bajaba por aquellas cuestas empedradas y resbaladizas, trataba de imaginarla allí, entre ruinas y casas abandonadas, entre residuos de una humanidad que ya casi no existía. Cuando llegué ante su puerta llamé sin titubear. Esperé unos instantes y, como no escuché ni el más leve ruido, volví a golpear con insistencia. Una vieja subía por la calle con un haz de leña fina bajo el brazo. Sin yo preguntarle nada, me dijo que Elsa estaba en la casa, pues la había visto entrar antes, cuando bajaba a recoger la leña. Pero como no podía averiguar cuánto tiempo había pasado desde ese «antes» al que ella se refería, decidí buscarla en otro lugar.

Llamé a la puerta de Matilde por simple formalidad, pues estaba abierta. Como nadie me contestaba, subí la escalera gritando: «¿Se puede?», para anunciarme de alguna manera. Aparecí directamente en la cocina. Allí estaban las dos, Elsa y ella, frente a la chimenea encendida. Matilde me recibió con una sonrisa de agradecimiento y en seguida me invitó a sentarme. En cambio Elsa se mostró desconcertada y contrariada por mi visita. Sin embargo, yo acerqué una silla al fuego, dispuesta a no dejarme intimidar por la actitud que ella me mostraba. En la penumbra de la habitación sólo se escuchaba el crepitar de las llamas y el viento que silbaba con fuerza desde lejos. Tuve la impresión de haber interrumpido una conversación. Después de largos minutos de silencio, Matilde alzó su voz lenta y entusiasmada. Se dirigía a mí con amabilidad, consciente de la incomodidad de Elsa ante mi llegada.

—¿Ha oído usted hablar de los tesoros que hay escondidos por aquí?

—Alguna vez —le respondí sin poder evitar una sonrisa de incredulidad.

—Mi padre, el pobrecico, perdió su suerte cuando era joven —dijo, convencida todavía de la existencia de personas a las que un día les roza una suerte misteriosa y cruel.

Si el agraciado se entrega a titubeos y temores, la pierde para siempre. Y así nos contó que una tarde, a la hora entre dos luces, ya casi de noche, regresaba su padre al pueblo. Era pastor y venía con sus ovejas, vestido como entonces solían hacerlo los pastores: con la zalea y el sombrero calañés. Al llegar al Tajo del Molino le sorprendió una enorme lengua de toro que le dirigía señales insistentes, entrando y saliendo de una roca alta y nimbada por un resplandor que nunca antes había visto. Se detuvo a contemplar aquel signo que le traía su destino. El ya conocía la forma adecuada de responder a esos seres encantados que los moros dejaron como celosos guardianes de sus tesoros ocultos. Tenía que arrojarle una de sus alpargatas para que la roca se abriera y le mostrara el escondite de una riqueza incalculable. Y, sin embargo, el miedo a ser tragado por aquella lengua gigante, le impulsó a huir del lugar al que su suerte le había convocado. Y él, que nunca tuvo miedo, escapó como un cobarde. Y contó que mientras se apresuraba empujando a sus ovejas, una voz sin cuerpo, llamándole por su nombre, le dijo: «Has perdido tu suerte. Ahora tendrás que trabajar durante toda tu vida. Vivirás en la miseria y morirás más pobre todavía.»

Y, por si nosotras, las forasteras, dudábamos de su relato, añadió Matilde que también ella, en alguna ocasión, cuando se dirigía al cortijo de sus abuelos, había llegado a percibir el olor de los polvos bóricos con que los moros acostumbraban a señalizar sus escondites. Y decía que ella siempre huía y no dejaba de correr hasta que aquel olor diabólico se borraba de su memoria.

A veces, escuchar a Matilde era ir aprendiendo la historia de la aldea, la de sus antepasados, la que ellos habían creído vivir. Era una historia manejada, en parte, por seres imaginarios y crueles que parecían divertirse jugando con las desgracias de estos aldeanos. Ella nunca olvidaba a su padre. Decía que él regresaba algunas noches y atravesaba varias veces su dormitorio, yendo de una pared a otra. Adoptaba en esas ocasiones la forma de una media luna y despedía un brillo muy débil para guiarse en la oscuridad. Ella se despertaba al escuchar sus lamentos. Eran tristísimos y se iban apagando poco a poco hasta desaparecer. Nunca había logrado hablar con él. Y, a pesar de los años transcurridos, aún mantenía permanentemente encendida una mariposa de aceite. Pues aquí, en estas montañas, la muerte es lo sagrado. Siempre tiene un rostro, un nombre, una historia... Las voces de los muertos nunca se olvidan. Ellos jamás se alejan del todo. Y no hay por estas tierras más dioses, ni más santos que ellos: las ánimas. A ellas se les reza para que custodien los asuntos de los vivos y de ellas se reciben los milagros. Ellas envían sus señales desde otro espacio y a ellas se les ruega incluso para que cesen las tormentas.

Yo contemplaba a Matilde mientras nos hablaba de aquella manera, y me parecía recién llegada, de un lugar remoto, a este mundo que ella casi no conocía y del que, seguramente, se hallaba tan lejos como yo de esa atmósfera irreal, onírica, con la que ella envolvía todo cuanto nombraba.

—Muchas veces —dijo—, en los sueños avisan dónde hay un tesoro. Dicen que si sueñas tres veces la misma cosa, es que es verdad.

—¡Qué extraños son los sueños! —exclamó entonces Elsa, perdida en otros pensamientos.

La miré con atención, esperando que continuase, pues aquellas pocas palabras me parecieron un preámbulo de algo que le preocupaba seriamente.

—¿Sabe usted qué es la hipnosis? —preguntó de pronto y, no sé por qué, se dirigía sólo a Matilde, como si yo no estuviera también allí, dedicándole toda mi atención.

Sin embargo, yo me di por aludida y, antes de que Matilde pudiera tener alguna ocurrencia, intervine. Cualquiera que me hubiera escuchado en aquellos momentos habría pensado que la experiencia hipnótica había sido el motor de mi vida. Les relaté escenas asombrosas, delirantes. Ellas ni siquiera parpadeaban, sorprendidas, sin duda, al descubrir en mí algo tan inesperado. Elsa se había reclinado, acercándoseme, apoyando los codos en sus rodillas. La anécdota más discreta que les conté fue aquella que yo protagonizaba con pretensiones terapéuticas. Se trataba de un joven tartamudo. Les conté cómo le había ido sumiendo lentamente, no sin dificultad, en un sueño hipnótico cada vez más profundo. Después iba conduciendo su mente a otros momentos de su vida, pertenecientes a edades anteriores. Y así le hice recorrer su pasado hasta llegar a los once años. Entonces apareció el prodigio: su lenguaje adquirió la fluidez y el ritmo de cualquier persona normal. Su defecto había desaparecido. Claro que, les dije, al despertar, su lengua volvía a tropezarse con todas las sílabas que intentaba pronunciar, sin haber logrado ninguna mejoría. Añadí que su dificultad en el habla le había aparecido precisamente a los once años, a raíz de una intervención quirúrgica. Recuerdo que éste fue el último caso que les conté. Mis ocurrencias, a pesar de sus exigencias para que recordara otras, se habían terminado. Mi imaginación no daba para más. Pues, en realidad, todo cuanto les había dicho era mentira. No sólo no había hipnotizado a nadie en mi vida, sino que ni siquiera me había interesado nunca por semejante trance, al que tenía asociado con unas gradas de madera casi sin público, un suelo de tierra húmeda, música de trompetas, redobles de un solo tambor... Sólo había presenciado sesiones de hipnosis en los circos. Y siempre que oía hablar de ese estado me asaltaba la imagen de un conejo blanco. No sé si se debía a que, con frecuencia, el mismo magnetizador era a la vez mago y, antes o después de sumir en el sueño hipnótico a su ayudante, sacaba un conejo de su sombrero de copa.

En seguida comprobé que mi invención había logrado lo que pretendía: tender un puente hacia Elsa. A partir de aquel momento advertí en ella cierta simpatía hacia mi persona. Al menos eso creí yo entonces, ingenuamente, pues la verdad era que Elsa sólo veía en mí el instrumento necesario para hurgar desesperadamente en algo misterioso que crecía en su interior, y que ella alimentaba cuanto podía.

Cuando me marché, ella salió conmigo. Tuve la impresión de que deseaba decirme algo. Pero caminaba en silencio a mi lado, haciendo algún que otro comentario sobre la noche. Hacía mucho frío y el viento seguía silbando desde las cumbres nevadas. Al llegar a la puerta de mi casa, me invitó a seguir hasta la suya y a cenar con ella.

IV

Seguí a Elsa en dirección a su casa, bajando por aquellas calles tan empinadas, tanteando torpemente las piedras y el barro, agarrándome a las paredes y midiendo cada paso por miedo a resbalar. Ella se había adelantado, creo que sin darse cuenta. Yo escuchaba sus pasos ágiles perdiéndose en aquella tiniebla. Pues el barrio en el que vivía estaba completamente abandonado, casi deshabitado, ni un solo farol alumbraba sus peligrosas cuestas. El prolongado chirrido de unos goznes me hizo saber que Elsa abría una pesada puerta. Al fin habíamos llegado a su casa. La luz mortecina de una bombilla iluminaba, en el patio, las plantas trepadoras de los muros, una mesa de mármol, unos bancos de madera, unas sillas rotas, una fuente de azulejos granadinos...

Una vez en el interior, la escuché moverse en la oscuridad con la diligencia de un gato. Fue encendiendo, una a una, las cinco lámparas que iluminaban el amplio salón. En uno de sus extremos, junto a una ventana, había una pequeña cocina y, en el otro, una chimenea con las brasas aún encendidas. Añadió algunos troncos de leña y en unos instantes reanimó el fuego.

—¿Quieres ver la casa? —dijo y, sin esperar mi respuesta, empezó el recorrido.

El propietario era un amigo suyo, que la destinaba sólo a pasar algunas temporadas. Yo la seguí por aquellas habitaciones tan desiguales unas de otras, tanto en tamaño como en decoración. Estaban distribuidas en diferentes plantas y niveles. De una pequeña estancia sombría y austera como la celda de un monje, se pasaba a otra, muy grande y abigarrada, repleta de objetos que parecían haber sido adquiridos uno a uno, con el cariño de un coleccionista. Subimos y bajamos distintas escaleras: anchas, estrechas, de pizarra, de azulejos, oscuras, iluminadas... Estaban dispuestas de tal manera que, al final, habían logrado confundirme. No sabía ya qué era «arriba» ni qué «abajo», ni si estábamos en el piso alto o en el sótano. Regresamos al salón de la cocina. El fuego seguía encendido pero Elsa le añadió varios troncos más. Después se dirigió a un mueble de considerables dimensiones. Era de madera y de azulejos negros y contenía un gran número de discos. Eligió uno de ellos y lo puso. Me dijo entonces que desde su llegada a estas montañas, oír música había sido casi su única actividad.

—¿Tenías intención de hacer otra cosa? —le pregunté animada creyendo que al fin se podría establecer entre nosotras algún diálogo. Pero me equivoqué. Ella cerró los ojos y, encogiendo ligeramente los hombros, en un gesto de indiferencia, me dijo:

—Pues no, me parece que no tengo nada que hacer.

Y dedicó toda su atención a la sonata de Haendel que acababa de elegir. La música nos impuso un nuevo y largo silencio. Recuerdo que la miré con indignación. No entendía para qué me había invitado. Sin poder hacer otra cosa, me dediqué a contemplarla. En su rostro, enrojecido por el viento y el calor del fuego, se reflejaba una profunda dulzura, a la que yo no me podía sumar, pues su actitud me estaba impacientando. Además, muy a pesar mío, sentía hambre y tenía presente su invitación a cenar, cosa que a ella parecía habérsele olvidado por completo. Finalmente, al terminar la sonata, abandonó su majestuosa inmovilidad. Y yo, poco a poco, me fui entregando a la atmósfera lánguida que ella iba creando con los movimientos casi imperceptibles de su cuerpo, sus miradas y sus palabras, que giraban siempre en torno a sí misma. Varias veces se refirió a su relación con la música, como si ésta hubiera sido la única vocación definida en su vida. Se lamentaba de no haber terminado sus estudios en el Conservatorio de Sevilla, su ciudad natal. Desde entonces, a medida que pasaban los años crecía su frustración. En la actualidad no tocaba ningún instrumento, pero no recuerdo haberla visto en su casa ni una sola vez sin que nos acompañara alguna de sus melodías predilectas. Claro que, según pude comprender más tarde, para ella la música era fundamentalmente el espacio imprescindible para dar vida a su ensoñación amorosa. De pronto, sus movimientos se hicieron nerviosos. Un nuevo silencio, ahora tenso para ella, le hizo inquietarse. Yo balbuceé algunas ocurrencias que cayeron en el vacío, pues ella no mostraba el menor interés por mi persona. Me pareció que ya había renunciado a decirme ese algo que yo esperaba. Ahora contemplaba el fuego, otra vez ensimismada y olvidada de cuanto la rodeaba. Su extremada palidez me sugirió un profundo desamparo. Entonces comenté:

—A veces puede ser muy duro vivir sola en un lugar tan aislado como éste.

Ante ella mis palabras me parecieron triviales. A cualquier persona podrían ir referidas, pero a Elsa no. Al escucharme, un repentino entusiasmo iluminó su rostro y, sin apartar su mirada del fuego, como si sólo se dirigiera a él, habló de la soledad, o más bien, de su soledad. Y lo hacía con tal pasión que su mayor aspiración parecía ser la de no vislumbrar a ser humano alguno durante el resto de su vida. Su deseo de separación se definía con claridad en la imagen que parecía tener del mundo: a un lado, la humanidad entera, y a otro, muy lejos, sólo ella. Decía que en soledad, a medida que pasaban los días, incluso los meses, todo se le hacía placentero. Cualquier preocupación se alejaba, perdiéndose en una brumosa irrealidad. Aseguraba que adquiría entonces una inmediatez casi inocente en su relación con las cosas. Todas sus acciones eran gozosas e indiferentes, ya fuera fregar platos, escribir algo, encender la chimenea, oír música, pasear, leer, hacer comidas o, simplemente, no hacer nada. Las cosas más importantes adquirían un tono de ingravidez y, a veces, de comicidad. Poco a poco, según decía, hasta su percepción iba cambiando. Descubría una belleza extraordinaria en todo cuanto la rodeaba, fuera lo que fuese. Su cuerpo se hacía ligero como una nube y hasta el aire parecía que brillaba.

Yo la escuchaba en silencio, segura de que no me dirigía a mí sus palabras. Hablaba sola y, evidentemente, no esperaba ningún comentario por mi parte. Y, sin embargo, me gustaba escucharla. No sólo por lo que me iba dejando entrever sobre ella misma, sino también por la habilidad que mostraba para dar interés hasta a lo más insignificante.

—¿Puedo verte mañana? —me preguntó de pronto, sin que yo hubiera mostrado intenciones de marcharme.

—Sí, supongo que sí —le respondí desconcertada.

—¿Mañana por la tarde? —insistió.

—Sí, por la tarde está bien —le dije y la miré esperando alguna aclaración.

—Tengo que hablar contigo.

—Si quieres, puedes hacerlo ahora.

—No, mejor mañana.

En su decisión de aplazar aquella conversación que yo había estado esperando, leí, contrariada, un deseo manifiesto de que me marchara. Era tarde, desde luego, y yo misma me sentía fatigada, pero que me despidiera así, de pronto, me pareció una insolencia.

Nos dijimos adiós y salí de la casa cavilando sobre qué tendría ella que decirme, eso que, al parecer, no se había atrevido a comunicarme durante mi prolongada visita. Era ya de madrugada, el viento había desaparecido y sobre el pueblo gravitaba una quietud absoluta. A la luz de mi linterna iban apareciendo esquinas, tinados, rincones bajo cobertizos, puertas cerradas... Algunos gatos, siempre vigilantes, se cruzaron conmigo.

A la mañana siguiente, al despertarme, percibí un soplo helado. Mi habitación estaba inundada. Mi primer impulso fue el de continuar en aquella balsa en la que se había convertido mi cama y, al amparo de las mantas, dormir indefinidamente. Pero los niños me estaban esperando en la escuela y, aunque no eran muchos, eran todos los que había en el pueblo. Yo era la única maestra y no podía faltar a las clases. Conocía ya todos los defectos de mi casa. Sabía cómo tenía que tapar cada gotera, cada ranura y cada ventana por donde el agua entraba a raudales cuando la lluvia era muy fuerte. Pero la noche anterior me había olvidado de sujetar los plásticos que me protegían de ella.

Aquel día, todo el tiempo que pasé en casa lo de-

diqué a reparar el desastre de la noche. No olvidaba
mi cita con Elsa, a pesar de que mi curiosidad había
disminuido considerablemente. Pensaba que aquí
arriba, en estas montañas, cualquier nimiedad tomaba unas dimensiones absurdas. Y cualquier persona adquiría en este lugar una relevancia y un
interés que nunca se le habría concedido de conocerla allá abajo, en las ciudades. Me parecía que vivir
aquí era como viajar en un barco que navegara a la
deriva, perdido en el mar, lejos de todas las costas.
No se sabía bien adónde se dirigía y tampoco parecía preocupar a nadie si alguna vez llegaría a algún
puerto.

Cuando conocí a Elsa yo adolecía, por primera
vez, de ese mal casi vegetal, al que creo que está
expuesto todo el que se quede a vivir aquí de manera indefinida. Es un mal pasajero, pero cíclico. Es
la otra cara de la exaltación que en un principio pro-
vocan estas montañas. Y esa serenidad que yo creí
haber alcanzado tan fácilmente, se me apareció, de
pronto, como un tedio que podía retenerme durante
horas enteras adormecida al calor de la chimenea o
arrastrarme por las calles en un vagar somnoliento.
Me movía entonces impulsada por una mecánica rutina. Y la quietud, a veces desesperante, de las montañas y de todo el pueblo, me hacía deambular en
paseos interminables por calles vacías y heladas, em-
bozada en una bufanda negra, como una más de
esas viejas que se deslizaban, fantasmales y som-
brías, envueltas en sus mantos negros, en sus lutos

intemporales. Percibía en mí, con alarma, signos de un letargo amenazador, signos de una vida vegetal que empezaba a invadirme, anulando cualquier impresión placentera que pudiera despertarme un paisaje que, no obstante su belleza, paralelamente se iba encerrando también en un silencio letárgico.

Quizá por ello me empeñé en no dejar decaer mi curiosidad por Elsa, por su insólita presencia en esta aldea. Y, antes de que el sol se pusiera tras el Tajo Gallego, salí en dirección a su casa. Algo había allí que lograba atraerme. Era una ligera emoción que surgía de aquella atmósfera tan singular, nacida a la vez de una casa asombrosa, de la música que Elsa iba eligiendo, y de ella misma: del aliento soñador que envolvía cada uno de sus gestos, su melodiosa voz, sus silencios, su mirada, vagando siempre por espacios irreales...

V

La casa de Elsa tenía la puerta abierta. Entré sin
llamar y la encontré en el salón de la cocina. Tomaba un té al calor de la lumbre. Advertí que me
estaba esperando: en la bandeja, junto a la tetera, *teapot*
había una taza para mí. En cuanto me senté, empe-
cé a hablar de cualquier cosa: de la inundación de
mi casa, de la presencia que tenía aquí la lluvia, el
sol, la niebla, el viento... No estaba dispuesta a permitir más silencios entre nosotras. Claro que ella no
me escuchaba. Su figura, profundamente inmóvil, me
pareció la de un retrato, detenida ya para siempre.
Sin duda, su atención deambulaba quién sabe por
dónde, lejana y ajena a mis palabras y a todo cuanto contenían aquellas paredes que la estaban alber-
gando. De pronto, sin mirarme siquiera y sin mediar
ninguna explicación, me dijo:

—Quiero que me hipnotices.

—¿Cuándo? —le pregunté yo simulando indiferencia, como si aquella proposición no me hubiera desconcertado, como si no supiera muy bien que yo era incapaz de algo semejante.

—Ahora —me respondió decidida y con la misma naturalidad con que supongo que me invitaría a una merienda.

Me enredé entonces, deliberadamente, en unos balbuceos que ahora casi no recuerdo, pero que iban torpemente encaminados a mostrar las dificultades de un trance tan especial. Creo que, entre otras cosas, le dije que necesitaba conocerla un poco mejor antes de aventurarme a una experiencia que podría perjudicarla. De esa manera, si no lograba hacerla desistir, al menos conseguiría un aplazamiento. Pero ella, sin prestarme atención, se levantó para dirigirse a un extremo del salón. Con una mano detuvo el péndulo de un reloj de pared. No soportaba su tictac. Yo no comprendí cómo había podido percibirlo a través de la música. Al sentarse de nuevo, junto a mí, me miró por primera vez desde mi llegada y, siguiendo siempre sus pensamientos e ignorando los míos, me aclaró:

—Se trata de unos sueños.

Y empezó a recordar para mí, en voz alta, imágenes de una historia que se repartía por sus noches, fragmentándose unas veces y otras repitiéndose con una insistencia que le asustaba y atraía. Parecían convocarla en un lugar inmaterial, pues lo que ella pretendía era precisamente regresar al sueño e interrogarle. Siempre aparecía la misma persona: Agustín Valdés. Y, también, el mismo desenlace: la locura de él ante la muerte de ella. Retenía en su memoria, con precisión, imágenes pertenecientes a un mismo escenario: el color ocre de la tierra de un camino, una tapia alta, hecha de grandes piedras, la levita negra y la camisa blanca y de volantes con que se vestía Agustín, mientras caminaba como un demente tras el féretro que encerraba su cadáver. Lo llevaban a hombros entre varias personas que ella aún no había reconocido. De pronto alguien sujetaba bruscamente a Agustín cuando empezaba a zarandear el ataúd con la intención de abrirlo. Pretendía apoderarse del cuerpo de Elsa, negando a gritos su muerte, tratando de impedir que la enterraran. A ambos lados, un rosario de personas sin rostro les seguían, ingrávidas y silenciosas, como penitentes de una procesión nocturna.

En otras ocasiones ella corría junto a la misma tapia, desde la que saltaba un hombre obligándola a detenerse. Iba envuelto en una capa negra. Era de noche y nunca podía verle con claridad. Pero pensaba, en el sueño, que era Agustín Valdés.

Elsa hablaba como si creyera que esas imágenes podían tener continuidad en algún espacio real, en otro tiempo.

—¿Quién es Agustín Valdés? —le pregunté.

Ella no respondió.

—¿Le conoces mucho? —insistí.

—No. Casi nada. Le he visto sólo dos veces. Aunque en sueños...

—¿Pasó algo especial? —pregunté.

—No. En realidad no pasó nada.

Sus manos, delgadas e infantiles, se movían nerviosas, enredándose en el pelo negro y rizado que le caía por la espalda. Pensé entonces que ciertas enfermedades podían, a veces, asomarse a un rostro en forma de arrebato o pasión, y también que, seguramente, una persona como ella era lo que la gente llamaría «una loca». Y, sin embargo, ahora, al recordarla, siento un profundo respeto por sus palabras, su esperanza, su dolor, su melancolía, su inapetencia, su abandono... Todo ello se engarzaba en el hilo de un sentimiento que quizá no fuera sino amor al Amor. Pues ahora estoy convencida de que era el amor, y no la enfermedad, lo que la hacía resplandecer de aquella manera. Y cada vez que leo en su cuaderno aquellas palabras que fueron tejiendo amor y desesperación a un mismo tiempo, me parece rozar una realidad casi sagrada. Comenzaba así:

✳

«¿Es cierto que te vi sólo en dos ocasiones? No sabría decir cuántas veces nos hemos encontrado tú y yo, ni cuántas horas de mi vida te he dedicado. Tu presencia en mi soledad es tan intensa como cuando te vi frente a mí, al otro lado de la mesa de un café, por no hablar de todos estos sueños que van grabando en mi memoria algo parecido a un pasado de muchos años. Ahora conozco tus gestos, tu ira, tu risa, tus ademanes, tus silencios... Y, además, ¿puede un simple sueño dar tanta vehemencia a un sentimiento? ¿Cómo es posible este amor que parece no haber tenido principio? Pues desde que te vi por vez primera, ya te amaba con un amor antiguo. Este sentimiento es tan real como el calor del sol o el frío de la nieve. ¿Acaso es más importante conocer tu manera de vestir, las comidas que prefieres o las manías que entorpecen la vida cotidiana? ¿Eres tú todo ello? Yo sé que tú eres eso que yo he visto y que ahora ensueño. A veces me pregunto cómo pueden los sueños tejer una historia que me va enredando más que la vida misma. Aunque, ¿acaso no son ellos mi vida? Me afectan más que los acontecimientos llamados reales. Y me pregunto también de dónde provienen estas imágenes que tan íntimamente nos unen en el sueño. Me lo pregunto con desconcierto y envuelta en una especie de hechizo tan dulce que por nada de este mundo lo cambiaría.»

Apenas habían transcurrido unos meses desde que Elsa llegara por vez primera a Barcelona. Había ido hasta allí impulsada por la insistente invitación de una antigua amiga. Por aquellos días había finalizado una relación amorosa que, según sus lacónicas explicaciones, se había ido prolongando durante años, atormentándola y desligándola una y otra vez de cualquier actividad que emprendiera. La víspera de su partida, un amigo le rogó que entregara una carta a un compañero suyo. El desconocido destinatario era Agustín Valdés. La intromisión del azar en su historia de amor le entusiasmaba. Sólo sabía de él que era profesor de Filosofía, igual que su amigo e igual que lo había sido ella mientras fue capaz de soportarlo, según sus propias palabras. Cogió la carta sin prestar mucha atención al argumento con que él justificaba un encargo semejante. Dijera lo que dijese, a ella le parecía una impertinencia, una molestia evidentemente innecesaria. Sin embargo, prometió entregarla si encontraba el momento adecuado para ello.

Tuvo que telefonear varias veces a Agustín Valdés antes de encontrarle. Al fin tuvo su primera conversación con él. Y sobre ella había escrito Elsa en su cuaderno:

«Algún tiempo después, cuando desde mi memoria surgía de nuevo aquella emoción que creció en mí de golpe, a traición, sin que yo la advirtiera entonces, supe que desde que oí tu voz por primera vez empezó "esto" que es más que amor y a lo que aún no sé qué nombre dar.»

Agustín le dio una cita y ella le preguntó:
—¿Cómo te reconoceré? No te he visto nunca.
El respondió:
—Soy de estatura mediana, de aspecto normal, pelo oscuro, ojos negros y tengo un bigote muy poblado. ¿Y tú?

Urthink

52

Elsa recibió su pregunta con sobresalto. En aquellos momentos no se le ocurría ninguna descripción de su persona.

—¿Yo? —dijo asustada—. Yo llevaré en la mano un sobre blanco.

del cuaderno de Elsa

«¿Te vi realmente entonces, cuando entré en el café y tú te acercaste a mí silencioso, casi tímido? ¿Te vi entonces, cuando yo, conmovida por una violenta emoción, balbuceaba no sé qué vaguedades como fórmula de presentación o saludo o justificación de mi presencia ante ti? No, no pudo ser entonces, pues en aquellos momentos yo era sólo estremecimiento. Después, a lo largo de un día entero, nada existió para mí fuera de nuestra próxima entrevista. Tú mismo la habías fijado para la noche siguiente. Y durante aquella espera tan larga yo fui sólo sobresalto y esperanza. Entonces, en soledad, fue cuando te vi. Te tenía grabado en mi pensamiento, en la oscuridad de mis párpados cerrados, en mi respiración, en mis pulsaciones...»

VI

Elsa había fijado, sin consultarme, una hora y un día para nuestra primera sesión de hipnosis. Acudí a la cita con un retraso involuntario. La encontré como de costumbre, frente al fuego, oyendo música y sumida en la indolencia. Apenas si me dejó tiempo para saludarla. Pretendía comenzar en seguida. Cualquier palabra o acción posibles no eran para ella sino obstáculos que retrasaban su llegada a ese otro lugar donde suceden los sueños, y en el que ella creía poder lograr un encuentro con Agustín Valdés. Yo, en cambio, deseaba postergar nuestro experimento cuanto fuera posible. Le pedí que me invitara a una taza de té para entrar en calor, pues hacía mucho frío. En realidad, necesitaba al menos unos minutos para improvisar mi farsa y para aproximarme al previsible fracaso de una manera suave, sin delatarme tontamente. Tenía la impresión de que Elsa carecía por completo de formalismos, no representaba jamás, entraba en la realidad bruscamente, casi tropezándose con ella. No logré que me acompañara tomando un té. En medio de un forzado silencio bebí yo sola varias tazas. Y, finalmente, decidí dar comienzo a la sesión. Propuse, en primer lugar, encender una vela. Anochecía y, cosa rara, las lámparas del salón aún no estaban encendidas. El fuego de la chimenea irradiaba una luz débil en la que yo me sentía amparada. Acerqué la vela al rostro de Elsa, ordenándole que fijara la vista en la diminuta llama mientras yo la movía lentamente de un lado a otro. Ella la seguía obediente con su mirada, sin apenas pestañear, escuchando mi voz que la invitaba, sin ningún convencimiento, a sumirse en una relajación cada vez más profunda. Pasados unos diez minutos, sus párpados empezaron a caer con pesadez hasta que, al fin, cerró los ojos como si de verdad hubiera entrado en un sueño muy hondo. Bajo aquella luz mortecina su rostro hierático me pareció el de una esfinge. Entonces, con la intención de despertarla y utilizando un tono de voz enérgico, dije:

—Ahora voy a contar hasta diez. Cuando termine no podrás mover el brazo derecho, aunque lo intentes con todas tus fuerzas.

Durante diez segundos, que yo hacía transcurrir lentamente pero llena de ansiedad, me inquietó un pensamiento: Elsa podía estar hipnotizada aunque yo no lo hubiera pretendido. Tan rígida y extraña la encontraba, que me asaltó el deseo de zarandearla y, a continuación, delatar mi simulacro. Pero no fue

56

necesario, pues al llegar al número diez, ella levantó el brazo con absoluta facilidad, sin obedecer mi indecisa orden. Abrió los ojos y, con un gesto de contrariedad, me notificó que ni siquiera se había quedado adormecida.

—No sé qué ha podido ocurrir —murmuré aliviada—. Quizá sea la falta de práctica. Hace años que abandoné estas cosas.

—Puedes probar con otro método —dijo.

Y se levantó como impulsada por una feliz ocurrencia. En seguida desapareció por la casa para regresar poco después, mostrándome una sortija de platino con incrustaciones de diamantes. Enhebró en ella un hilo y la dejó caer en un movimiento pendular ante la vela aún encendida. Temí que me propusiera continuar, es decir, empezar de nuevo. Yo estaba decidida a negarme. Pero no fue necesario. Un repentino desaliento, una forma de tristeza, le hizo recoger el hilo y el anillo entre sus manos. Se sentó fijando la vista en el vacío del suelo, ante sus pies. Entonces balbucí algunas preguntas que a cualquiera le hubieran parecido indiscretas, pero que a ella le devolvieron el aliento perdido. Parecía que le bastaba con evocar a Agustín Valdés, con traerle a la realidad de las palabras para sentir que, de alguna manera, estaba realizando su amor. Pues eran precisamente las palabras el único material mundano con el que iba construyendo su singular historia, y alimentando un sentimiento cuya realidad, viniera de donde viniese, evidentemente era indiscutible.

A través de sus respuestas me iba conduciendo por aquella enorme insensatez que había tejido ella sola. Yo me sorprendía tanteando palabras y consejos que se le ocurrirían a cualquiera, tratando de distraerla de aquella gravedad con que a mí me parecía que se entregaba a tan desmesurada irrealidad. Si le preguntaba por Agustín Valdés, ella se enredaba en minuciosas descripciones. Tardé en comprender que siempre me hablaba del otro, del que aparecía en sus sueños. Claro que para ella terminaron por borrarse las posibles diferencias entre los dos. Supe también que aquel encuentro que él mismo había concertado no llegó a realizarse. Ella estuvo allí, en el café que él había elegido, sentada en la última mesa, en un rincón del salón, esperándole confiada, negando el tiempo que pasaba, adivinándole con ansiedad en cada silueta que se recortaba tras los cristales, a la luz nocturna de la ciudad. El la citó y no acudió, abandonándola a una cadena de suposiciones que la condujo a telefonearle de nuevo. Pues ¿y si su ausencia se hubiera debido a un equívoco? ¿Y si la hubiera estado esperando en otro lugar o si algo impensable en aquellos momentos le hubiera impedido acudir? ¿Y si ahora, contrariado por no haberla encontrado, estuviera esperando impaciente su llamada?

En un movimiento mecánico, producto quizá de un despiste momentáneo, Elsa enrolló el hilo que había enhebrado en el anillo y lo arrojó al fuego. Después se puso la sortija y me mostró su mano ex-

tendida. Era excesivamente delgada para aquel ador-
no. Me dijo entonces que lo había heredado de una
tía abuela que apenas conoció. Y sin darle más importancia, continuó con aquel relato en el que yo, a
pesar de su entusiasmo, percibía una desolación última, inevitable, de la que no sabía si ella era consciente.

Aquella noche esperó a Agustín Valdés hasta que
el café se quedó vacío, hasta que la invitaron cortésmente a que se marchara ella también. Era la hora
de cerrar. En su cuaderno había escrito:

«La noche entera fue cayendo sobre mí, oscure-
ciendo mi entusiasmo. Las calles estaban vacías y
una lluvia suave empapaba en silencio mis ropas, mi
pelo, mi rostro, confundiéndose con mis lágrimas,
pues yo iba llorando amargamente sin preguntarme
siquiera qué me ocurría. Mis ojos nublados miraban
ciegos en todas direcciones. Todavía esperaba en-
contrarte. Me dominaba un deseo disparatado de
volver a verte.»

Elsa llamó a Agustín Valdés y él se disculpó cordialmente: un fuerte dolor de muelas le había impedido acudir a la cita. Añadió, además, que deseaba
verla antes de que regresara a Madrid. Acordaron
entonces un nuevo encuentro en aquel mismo café.

«Cuando te acercaste a mí para saludarme con un beso de cortesía, advertí que mi voz temblaba, así como mis manos, mi pelo y todo mi cuerpo. Durante largos minutos fui de nuevo sólo estremecimiento. Desde aquel estado, cualquier nimiedad adquiría a mis ojos un significado misterioso. Por ejemplo, tú me estabas esperando en la misma mesa del rincón en la que yo me preguntaba, la noche anterior, si de verdad te había visto alguna vez, si era cierto que me habías dado una cita y que de un momento a otro podías llegar.»

Apenas si habían logrado cruzar unas pocas palabras en medio de un silencio tenso, cuando Agustín Valdés le preguntó:

—¿Conoces algo de la Cábala?

Elsa, desconcertada, pues apenas sabía nada sobre ello, le tendió como respuesta un libro que esta vez había llevado consigo: *Consideraciones sobre el pecado, la esperanza y el camino verdadero*, de F. Kafka. En el prólogo se afirmaba que el autor había pertenecido al hasidismo, grupo cabalista surgido en Polonia por los siglos XVII o XVIII, no recordaba muy bien. Agustín leyó algunos aforismos de las primeras páginas. De ellos surgió una larga conversación sobre la que Elsa, después, escribió:

«No recuerdo en toda mi vida que la palabra hubiera sido algo tan pleno para mí. Aún no puedo explicarme qué ocurrió allí, entre tú y yo. Después, cuando tú te levantaste a telefonear, abrí el libro y leí el primer aforismo que encontré. Recuerdo que tenía el número diecisiete y que decía: "Nunca había estado aquí. Junto a ella una estrella brilla con más resplandor que el sol." Y esa aparente coincidencia fue para mí el primer presagio claro, incuestionable, de un amor que ya empezaba a reconocer. Nada me reclamaba en Madrid y, sin embargo, decidí marcharme al día siguiente, cosa que tú lamentaste. Y aquella ligera queja, que quizá no fuera sino un gesto mecánico de cortesía, me conmovió de tal manera que me impulsó a huir atemorizada. Pues aquella fue realmente una huida, ahora lo sé. Y, sin embargo, a pesar de que tu recuerdo se había desvanecido en mi memoria, meses después regresé a Barcelona con la única intención de visitarte, como si obedeciera a un deseo antiguo y ya cercano al olvido. Tú me dijiste no tener tiempo para nada y yo andaba todo el día cavilando con recelo, sospechando si tus ocupaciones no serían más que una excusa para no verme. Quizá por eso, cuando al fin me diste una cita, mostrando, además, un gran interés en verme, una atracción poderosa, violenta, me oprimió. Nunca había sentido algo parecido. Tampoco esta vez apareciste y, sin embargo, yo no sufrí sino que, por el contrario, me invadió una repentina e injustificada felicidad. Exaltada por la euforia, atribuía tus desplantes a un destino oculto que, de alguna ma-

61

nera, al impedir nuestros encuentros, nos estaba uniendo. Pero me equivoqué. Al preguntarte el motivo de tu ausencia por teléfono, tu respuesta fue despiadada: "Me entretuve y se me pasó el tiempo. Me acordé de pronto, pero ya era demasiado tarde." Entonces una queja larga y llorosa se precipitó por mis labios. Escuchaba mi propia voz como si me llegara del exterior, como si no fuera yo quien hablara. Me sentía impotente para detener aquel absurdo que tú, sin saberlo, desataste en mí.»

—No, no te llamaré —respondió Elsa cuando él, indiferente, le pidió que le telefonease en otra ocasión—. Me quedaré aquí, en Barcelona; viviré aquí, pero nunca te llamaré.

—Bueno, me parece muy bien —contestó Agustín con irritación.

—¡Yo soy normal! —gritó entonces ella esforzándose en contener el llanto—. ¡No soy un monstruo! ¡No soy un monstruo!

Y es que Agustín le había dicho al conocerla, entre bromas, que ella le despertaba un miedo incomprensible. Y aquellas palabras que entonces había escuchado casi con complacencia, de pronto se le revelaron con una dimensión de crueldad que antes no había captado, convirtiéndose al mismo tiempo en la única explicación de sus ausencias.

«No sabes cómo llegué a percibirme a mí misma en aquellos momentos. Yo era algo informe, repugnante, era un pozo repleto de horrores y amenazas contra mí. Era la monstruosidad misma. Y desde allí, desde aquel hundimiento ahora incomprensible te hablé precipitadamente, sin control alguno. Aunque sólo recuerdo aquel grito desesperado que, como un estribillo, repetía entre lamento y lamento: ¡No soy un monstruo! ¡No soy un monstruo!»

Agustín Valdés no respondía nada ante el grito de Elsa.

—¿Me estás escuchando? —le preguntaba alarmada—. ¿Estás ahí?

Al otro lado del teléfono parecía no haber nadie. Sólo silencio. Finalmente tuvo que colgar dudando si él la habría escuchado.

«No tiene ya interés hablarte de mi dolor, de mi llanto absurdo, de los días que aún permanecí en Barcelona, deambulando por todas partes, buscándote con imprudencia en todos los hombres de las calles. Cuántas veces corrí para alcanzar a alguno que, de espaldas, me pareció que podrías ser tú. Erraba de un lado a otro padeciendo tu ausencia por toda la ciudad.»

Entre las últimas páginas del libro de Kafka que Elsa había llevado consigo, encontró una postal que ella misma había dejado allí, olvidada desde hacía ya tiempo. Reproducía un cuadro de Paolo Ucello: *cover* san Jorge y el dragón. En él una mujer, ante una gruta en tinieblas, como si saliera de ella, llevaba sujeto por una cuerda a un legendario monstruo. San Jorge, desde su caballo, le hería con su lanza.

«...encontrarla en aquellos momentos fue una nueva coincidencia que venía a alentar mi esperanza. Supe que nuestro encuentro no se perdería en el olvido. Incluso llegué a pensar que la fatalidad nos mantenía unidos de manera misteriosa.»

Elsa envió la postal a Agustín Valdés, después de escribir al dorso:

«Al parecer no somos nosotros los que manejamos los hilos de la "realidad", sino otros, como se nos dice en *La Ilíada* que ocurría en Troya. Un abrazo.»

Y, más abajo, añadió:

«¿No te gustaría ser tan valiente como san Jorge?»

64

VII

Después de varios días sin vernos, Elsa vino a visitarme una noche. Era ya muy tarde y entró sin llamar a la puerta. Se sentó a mi lado balbuceando algún saludo y, en seguida, empezó a hablar como si no hubiera existido intervalo alguno entre nuestro último encuentro y éste. Ella continuaba una conversación, siempre la misma, como si no hubieran transcurrido cuatro días, como si yo, mientras tanto, no hubiese tratado de esconderme, evitando bajar por su barrio e incluso ausentándome de mi propia casa por si se le ocurría visitarme. No quería prestarme de nuevo a aquel simulacro de hipnosis. No deseaba seguir engañándola y, por otra parte, no contemplaba la posibilidad de realizar el experimento en serio, pues estaba segura de mi ineptitud para sumir a alguien en un trance semejante. Y, sin embargo, terminé bajando a Orgiva, un pueblo no muy cercano, pero más importante que el nuestro. Me acerqué hasta allí con la intención de comprar en su única librería un manual de hipnosis. «Uno cualquiera, el que sea», recuerdo que dije. Pero no tenían ninguno.

Elsa hablaba esta vez dirigiéndose a mí, haciendo pausas para pedirme con su silencio algún comentario a sus palabras.

—A veces —decía—, cierro los ojos y percibo en mi interior algo sin fondo, sin límites, algo a lo que podría llamar misterioso. Pienso que es de ahí de donde surgen todos estos sueños con Agustín Valdés y también las emociones que me despiertan.

Cuando dejó de hablar, bajé los ojos evitando su mirada. Escuchaba su voz como un sonido singular, con poder para detener el tiempo y para crear a nuestro alrededor una atmósfera en la que nada parecía existir fuera de las realidades que iba convocando con sus palabras. La vi tan sumida en aquella historia, creando para ella tanta realidad que, de pronto, mis preocupaciones me parecieron intrascendentes y me sorprendí representando una vez más el papel que ella me imponía. Esta vez incluso fui yo quien recordó nuestro proyecto de hipnosis. Hasta llegué a excusarme cordialmente por no haber ido antes a visitarla. Claro que mi actitud contaba muy poco. Ella venía decidida a que intentáramos de nuevo el experimento. Y, no obstante, me dijo:

—Ya sé que no quieres hipnotizarme. Lo he notado. Puede que te parezca un juego ridículo entre nosotras.

Y pensé entonces, sin responderle nada, que quizás fuera precisamente eso: un juego ridículo entre nosotras dos. Elsa y yo éramos dos excepciones en la aldea y eso nos unía. Nuestro aislamiento me hacía sentir por ella algo cercano a la solidaridad. Ambas habitábamos en los márgenes de aquel reducido grupo. Ellos, a pesar de su aparente sencillez, vivían encerrados en una continua ceremonia, sus días transcurrían en una sucesión de ritos inaccesibles para nosotras. Y pensé también que, de alguna manera, estaba abocada a jugar con ella nuestra propia ceremonia.

—Lo intentaremos de nuevo —asentí finalmente.

—¿Ahora? —preguntó ella.

—Es que así... de pronto... —murmuré excusándome.

—¿Por qué no? —dijo mientras me mostraba la sortija de diamantes que acababa de sacar de su bolso.

Ya la traía preparada: había ajustado los cabos de un hilo a cada lado de la filigrana. Entonces, por primera vez, aquel sentimiento que yo tildaba, sin decírselo, de quimera adolescente, en el peor de sus sentidos, excitó mi curiosidad. Y deseé asomarme a aquella tiniebla suya de la que parecían brotar insistentes imágenes de amor y de muerte.

Elsa, adquiriendo de golpe la quietud de un mineral, se esforzaba en no parpadear, concentrada en el movimiento pendular de la sortija que yo sostenía ante sus ojos humedecidos. Escuché mi propia voz, esta vez decidida, ordenándole que se sumergiera, poco a poco, en una profundidad que ambas desconocíamos. Cuando al fin comprobé que estaba hipnotizada, deseé despertarla bruscamente o escapar de alguien que, en aquellos momentos, no sabía bien qué era. Traté de recuperar la serenidad y comencé a formular preguntas tan concretas que resultaban perfectamente insípidas, como si con ellas pretendiera conjurar los temores que me asaltaban.

—Frente a ti hay una pantalla de color negro —le dije—. Mírala fijamente. ¿Ves algo?

Elsa no me respondía. Tuve que repetir una y otra vez las mismas palabras, tratando de crear con ella una pantalla real en el interior de sus párpados cerrados. Al fin dijo:

—Veo a Agustín.

—Descríbelo —le ordené.

—Sus ojos son negros, su piel pálida. Su pelo es oscuro y su bigote también. Ha bajado los ojos. Mira hacia el suelo. Por detrás de él, a lo lejos, veo unas torres muy afiladas.

—¿Cómo está vestido?

—Lleva una chaqueta marrón oscuro, parece de terciopelo, unos pantalones del mismo color y una camisa blanca con volantes y encajes. Su traje no es de este siglo.

—¿Qué hace?

—Empieza a andar. Va hacia las torres. Nunca he visto esas torres.

—¿Está en una ciudad?

—Sí.

—¿La conoces?

—No.

—¿A qué país pertenece?

—A Alemania.

—¿Cómo se llama?

Elsa no respondió. Esperé unos minutos e insistí de nuevo:

—¿En qué zona de Alemania se encuentra?

—En el Sur.

—¿En qué año la estás viendo?

No dijo nada. Parecía que ni siquiera me había escuchado.

—¿Ves a Agustín? —le pregunté entonces.

—Veo a Eduardo.

—¿Eduardo?

—Sí. Eduardo va hacia las torres.

—¿Quién es Eduardo? ¿Es Agustín?

Transcurrieron más de diez minutos y Elsa, imperturbable, me pareció que se había quedado parada o perdida en algún recoveco de esa extraña memoria que yo misma iba evocando con mis preguntas. Ni siquiera me preguntaba si aquellas imágenes habían pertenecido a alguna realidad. Sólo sabía que fragmentos de una historia flotaban en torno a ella y que yo deseaba recomponerla.

—Ahora la pantalla está vacía, frente a ti —susurré de nuevo—, vas a ver una fecha escrita en ella. ¿Me la puedes decir?

—1864. —Esta vez me respondió inmediatamente.

—¿Ves algo más?

Ante su silencio, pregunté:

—¿Quién es Eduardo? ¿Le conoces?

—Sí, sí le conozco —dijo con decisión.

—Ahora es de noche —le sugerí—. Vas caminando sola junto a una tapia. Estás en el campo. Un hombre salta desde ella y te impide el paso. Te sobresaltas. ¿Quién es?

—¡Eduardo!

Y al pronunciar este nombre su rostro se contrajo como poseído por un miedo real.

—¿Qué ocurre? —insistí varias veces.

En vez de contestar a mi pregunta, dijo:

—Pregúntame qué me dice él.

—¡Pero, bueno...! —protesté contrariada—. ¿Me estás tomando el pelo?

Aquello desbarató, de golpe, la escena en la que yo estaba ya participando tanto como ella. Sospeché qui quizá su trance fuera sólo un simulacro que se destinaba a sí misma.

—Entonces —añadí—, ¿estás despierta?

Ante mi pregunta ni siquiera se inmutó. Me dispuse a averiguar si de verdad se hallaba sumida en desconocidas profundidades, pero, de repente, una bocanada de aire helado se coló en la sala impidiendo cualquier interrogatorio. Alguien apareció de pronto, sin avisar. Era Matilde. Abrió la puerta sigilosamente y se quedó muy quieta, enmarcada en el vano, con los brazos cruzados y los pies juntos, como si ya se hubiera instalado allí, igual que lo hacía en el umbral de su casa para entregarse a prolongadas charlas con otras mujeres tan viejas como ella. Un gato callejero se coló también con el frío y, de un salto, se subió al poyete de la cocina. Ella dio unos golpecitos en los cristales de la puerta, anunciando innecesariamente su presencia. Yo corrí hacia el gato mientras la saludaba y lo arrojé a la intemperie. Entonces la invité a pasar con voz indecisa y esperando que rehusara.

—Elsa está dormida —murmuré a su lado.

Matilde alzó decidida un sillón de mimbre y lo aproximó al calor de la chimenea. Se había quedado algo más retirada del fuego que nosotras y, estirando sus brazos, acercó las palmas abiertas a la lumbre.

—¡Hace un frío de fenecer! —dijo mientras nos observaba con una curiosidad no disimulada. Después, cruzó los brazos y esperó como lo haría cualquier espectadora. Poseía una extraordinaria habilidad para sentirse invisible y para esconderse tras prolongados silencios, como si no fuera necesario decir algo por el mero hecho de encontrarse junto a otras personas, como si bastara con mirar de la manera que lo hacía en aquellos momentos: igual que si se hallara sola, al otro lado de una pantalla.

Naturalmente, no creyó que Elsa, en aquella posición tan rígida, estuviera dormida. Tampoco la expresión de su rostro pertenecía a un profundo sueño, sino a alguien que vigilaba alerta, con sus ojos muy abiertos, por detrás de unos párpados cerrados.

—Ahora haga usted el favor de no decir nada durante unos minutos —le pedí con sequedad—. Voy a despertarla.

No le di más explicaciones. Consideré que no era necesario aclararle de dónde la iba a despertar, pues Matilde, estaba segura, sabía ya lo que nosotras dos estábamos haciendo.

—¡Espere! —me dijo con cierta ansiedad—. Pregúntele si él tenía gafas.

—¿El? ¿Quién?

—Ese hombre, el de Barcelona.

—Para eso no hace falta que esté hipnotizada. Pregúnteselo usted después.

Era evidente que Elsa la había informado de la sesión que ella había decidido realizar aquella misma noche, antes de consultármelo. ¿Qué más podía haberle contado?, me pregunté contrariada por la intromisión de Matilde en aquella singular historia. Y sobre todo, ¿qué podía haber comprendido ella del marasmo amoroso en el que Elsa se había ido sumiendo?

—Bueno, pregúntele entonces otra cosa —me pidió con un entusiasmo infantil y que a mí me pareció perfectamente inoportuno. En realidad no sabía bien qué hacer desde ese desconcierto que, entre las dos, me habían creado.

—Usted piensa siempre en el mal de ojo, ¿no? —le dije a destiempo y con una antipatía deliberada. Pues ya, en otra ocasión, le había oído comentar que el cristal de unas gafas frenaba la maldad de los que tenían ese poder en su mirada. Ella, como única respuesta, se encogió de hombros y arqueó las cejas en un gesto apacible de resignación.

Me levanté para aproximarme a Elsa y zarandearla suavemente.

—Despierta, ya hemos terminado —le dije secamente, sospechando que su rigidez podía haber sido fingida.

Pero me equivoqué. Se movía entre mis manos igual que lo haría una muñeca sin vida. Ante el temor de no saber devolverla a este mundo, al no haber previsto que el regreso podía encerrar alguna dificultad, se me ocurrió practicar el mismo método que ya había contemplado en los espectáculos de circo:

—Voy a contar hasta diez —susurré a su oído con voz temblorosa—, al terminar daré una palmada y tú estarás de nuevo aquí, despierta, normal.

Y así sucedió. Elsa apareció al fin entre nosotras, sonriéndonos, como si despertara de un plácido sueño.

VIII

Un color gravitaba sobre la carretera, ocultando los pueblos y el verdor del campo, un color ceniciento, sin luz. Era el color de la niebla en el crepúsculo. Caía sobre nosotras rodeándonos, aprisionándonos en un limbo intemporal. Elsa vestía un chaquetón marinero y la misma falda vaquera con que la conocí. El frío sacudía todas las fibras de su cuerpo. Temblaba de pies a cabeza y se podían escuchar sus dientes castañeteando por detrás de una bufanda de lana violeta. Y, sin embargo, fue ella la que insistió en dar un paseo por la carretera. Según decía, le atraía tanto la niebla... La había encontrado en la tienda, casi al principio del pueblo. Caminábamos cuesta abajo, con paso rápido, tratando de entrar en calor. Pero el frío se nos había adherido como una segunda piel de la que no podíamos escapar. Propuse regresar, alegando que debía corregir exámenes atrasados de mis alumnos. Una vez más tuve la impresión de que ella no me escuchaba.

—Oye —le dije deteniéndome—, cuando yo te hablo de mis cosas, ¿en qué piensas tú?

Elsa me miró sonriendo y extrañada de que hubiera advertido su desatención.

—Perdona —me dijo—, supongo que cada vez en algo diferente. No puedo evitarlo.

—No deberías dar tantas vueltas a tus obsesiones —le dije con aspereza, ofendida por su continua falta de atención—. Siempre estás ausente.

—Bueno, y ¿qué importa eso? —me respondió quedamente, encogiéndose de hombros ante mi reproche.

Regresamos en silencio, subiendo lentamente la cuesta arriba. Al llegar a la aldea entramos en el bar. Había allí un olor a leña húmeda, un olor de frío, y a humo de tabaco. Los hombres, pues las mujeres no solían frecuentarlo, ocupaban las mesas que rodeaban la estufa. Algunos jugaban a las cartas y otros, muchos otros, miraban, abstraídos y silenciosos, a cualquier parte. Nosotras nos sentamos en el extremo opuesto, al amparo de la penumbra, protegidas de todas las miradas. Hasta aquel rincón apenas llegaba la luz de la única bombilla que pendía del techo.

—Además —continué con la intención de suscitar en ella una perspectiva diferente a aquella otra y única, que mantenía a ultranza ante sus ensueños—, esa historia de amor, o lo que sea, terminó pronto en el mundo real. O, mejor dicho, por lo que me has contado, ni siquiera llegó a empezar, ¿no?

—¿Qué quieres decir con eso de «mundo real»?

—Pues lo que cualquiera entendería por realidad. Es muy simple.

—Demasiado. La realidad nunca es simple —me respondió con gravedad.

—Bueno —insistí—, quiero decir que no pasó nada de nada.

—¿Que no nos hemos acostado? ¡Qué estupidez!

—No me refiero a nada en concreto. Pero es que en tu caso... la verdad, haberos visto sólo en dos ocasiones y tomando un café...

—No espero que entiendas nada de lo que te he contado hasta ahora. Ni tú, ni nadie. A pesar de todo, mi amor existe.

La palabra «realidad» inquietaba a Elsa. Ya lo había advertido en repetidas ocasiones. Tenía el poder de producirle una desagradable desazón. Quizá le sugiriera algo demasiado vago, ambiguo, inaprehensible. Era como si percibiera en ella algo así como las imágenes de un caleidoscopio que no pudiera detenerse, imágenes siempre irrepetibles, inalcanzables. Cuando hablaba de su amor, lo hacía como si fuera el único o el primero de la humanidad, como si la experiencia de otros no pudiera prestarle alguna luz. Y, a pesar de mis palabras, yo sabía que su amor era real, extremadamente intenso, tan poderoso como para nutrirse sólo de sí mismo y de su portentosa imaginación. A veces, me empeñaba en

77

imponerle alguna sensatez, pero poco a poco yo misma me fui convirtiendo en testigo de sus ritos amorosos y entregando, igual que ella, a la persecución de una historia fantasma que parecía haber sucedido, o que podría suceder, en un tiempo mítico, en un espacio otro.

Ya era de noche cuando salimos del bar. Sólo nos cruzamos con algunos gatos errabundos, mientras bajábamos las cuestas de la aldea. Escuchábamos nuestros pasos cautelosos resonando en las piedras que pavimentaban las calles. Al llegar a la plaza, Elsa sacó un sobre blanco del bolso y me pidió que la esperase unos instantes. Yo me detuve bajo un tinado mientras la veía avanzar, atravesando la niebla, hasta llegar al buzón de correo. Depositó allí su carta. Regresó lentamente, casi deslizándose. Traía los ojos cerrados y algo cercano al éxtasis la conmovía. Aquella misma tarde había salido a pasear por el campo que lindaba con las últimas casas de la aldea. Y, de pronto, la tierra misma le ofreció una sorpresa: una flor de aspecto frágil brotaba de ella. Parecía bordada en el aire con sutiles hilos azul ceniciento y verde. Ella ya la conocía. Me dijo que era de origen inglés y que se llamaba «Love in a mist». Había muchas y las observó todas detenidamente, una y otra vez, hasta descubrir la más bella. Cuando se dirigía hacia su casa, según me dijo, la flor, entre sus manos, despedía el calor de un ser vivo. La guardó en el sobre que acababa de enviar por correo, añadiéndole una breve nota: «Querido

Agustín: te regalo esta flor porque se llama "Amor en la niebla". ¿Te gusta?»

Inevitablemente, al escucharla, yo admitía en silencio, sin decirle nada, que aquel amor que la estremecía día y noche, era el más real que yo había presenciado en mi vida. ¿Qué otra cosa cabía pensar de aquella intensidad casi sagrada con que ella se entregaba a estas insignificantes acciones? Y sigo creyendo que su sentimiento era amor cada vez que releo su cuaderno y descubro fragmentos como el que sigue:

«En septiembre me marché a Venecia. Y aquello más que un viaje era una peregrinación hacia el olvido, a pesar de que ya entonces me jactaba ante mí misma, en solitario, de haber enfriado mi deseo de verte y desdibujado tu presencia en mi memoria gracias a mi voluntad. Sabía que si hacía un último esfuerzo lograría borrarte de la existencia. Y ése era entonces mi deseo, que tú no hubieras existido nunca. Así me puse en camino, huyendo de ti, sin saber todavía que si bien ibas desapareciendo de mi recuerdo era sólo para hundirte en terrenos más peligrosos, en los laberintos ocultos de mi inconsciencia, para emerger más tarde y arrastrarme en pos de tu sombra a escenarios imaginarios, a esta torre de viento donde ahora me sé tu prisionera.

»Cuando subí al *vaporetto* que recorría el Gran Canal de Venecia, nada sabía yo de aquella cita extraña en el centro mismo de la noche, y a la que tú sí acudiste, en aquella *locarna* húmeda, próxima a la plaza de San Marcos, donde alquilé una habitación. No sé cuánto tiempo dejé pasar allí, inmovilizada en la oscuridad, aterida de frío y escuchando los ecos del agua horadando tantas piedras milenarias. Tú no existías para mí en aquellos momentos. Quizá fuera entonces cuando alcancé el más perfecto olvido, allí sola, en aquel dormitorio extraño, en una ciudad extranjera y lejos de todo lo que constituía mi vida. Y también allí fui presa de un miedo inexplicable. Era un miedo que me llegaba del agua que atravesaba la ciudad por todas partes. Recuerdo que lloré angustiada sin saber qué me estaba sucediendo. Al fin decidí salir al encuentro de aquello que me asustaba de manera tan absurda. Una vez en la calle, se me apareció la otra Venecia, imposible y fantasmal. Eran imágenes umbrías que respiraban ondeando entre oquedades pétreas, imágenes reflejadas en los húmedos espejos de los canales. Desde ellos se erguían las otras fachadas y en ellos hundían sus cimientos, como raíces vivas de Venecia. Todos los edificios se me aparecieron entonces como espectros amenazadores que abrían sus ojos a la noche y vertían un aliento helado que se me anudaba a todo el cuerpo.

»Cuando volví a la *locarna*, impregnada de humedad y de frío, pero sin pensamiento alguno, al fin pude dormir. Aunque todavía me pregunto si aquello que me sucedió en seguida fue realmente dormir.

Las imágenes de mi sueño poseían la misma solidez que las piedras de las calles por las que anduve perdiéndome hasta la madrugada. Y entonces me hallé en un espacio nuevo, no sé si de mi sueño o de alguna suerte de vigilia. Allí te encontré plenamente, como no lo había logrado antes, en Barcelona. Tú y yo nos abrazábamos inmersos en un mar que no tenía más límites que el vacío del cielo. Supe que te amaba con una intensidad desconocida. Pero, de repente, descubrí un águila gigante que se cernía sobre nosotros. Aún recuerdo sus negras alas agrandándose a medida que se me acercaba, pues venía hacia mí. Lo supe al verla. Me aprisionó entre sus garras separándome de tus brazos que se esforzaban en retenerme. Al dolor de perderte se unió entonces el miedo a que descubrieras mi monstruosidad: yo no era en realidad una mujer, sino una sirena. Cuánto tiempo duró aquel angustioso vuelo hacia el vacío de lo alto, exhibiendo ante tus ojos mi cuerpo monstruoso, signo, quizá, de una fatal prohibición de nuestra unión.

»A la mañana siguiente recorrí Venecia bajo la estela de tu amor, pues tú me correspondías en aquel sueño en que más que dormir me pareció despertar a un sentimiento misterioso que las luces del día no pudieron desvanecer. Ya no deseaba el olvido. Te amaba con una plenitud nueva y al calor de ese amor viví durante todos aquellos días. Tu sombra amorosa gravitaba sobre la ciudad entera. Y, si alguna vez volviera, no hallaría rincón alguno, ni puente, ni canal, ni plaza, ni iglesia, que no fuera un precioso recuerdo de ti, Agustín, que mientras tanto vivías ajeno a mi pasión. En mis largos paseos te llevaba conmigo por aquel otro espacio que no era ya el del sueño, ni tampoco el de la vigilia, sino otro, mágico y nuestro. Cada noche asistía a un concierto y cualquier melodía se convertía en el lugar de un encuentro contigo. Tú amas la música, igual que yo, tú mismo me lo dijiste. Y de esa manera, entregada a la exaltación que ésta me provocaba, dejé que fuera adquiriendo vida tu sombra, tan inaprehensible, por otra parte, como la música y como el agua en la que Venecia se iba sumergiendo. Después, cuando regresé a Madrid, sin esperanza de volver a verte, tu incorpórea presencia fue tomando cuerpo a fuerza de repetirse en mis sueños a lo largo de todo el invierno. De manera sutil, sin que yo lo advirtiera, se fue deslizando hasta ese reino intemporal que albergamos en algún rincón de nuestro interior. Se hizo ensueño y creció alimentándose de mis días, de mi atención, robando todas mis acciones, mis horas de sueño, hasta imponer una distancia real entre todo lo que no fuera tú y yo, que no era ya sino un fantasma vagando perdido, buscando tu sombra que se había convertido en mi única realidad. La necesidad de tocarte, de alguna manera, de comprobar que existías de verdad, me impulsó a enviarte mi segundo mensaje. De momento la escritura era la única forma posible de acercamiento a ti. Es posible que ya me hubieras respondido de haber anotado el remite, pero secretos temores me impidieron enviarte mi dirección. Han transcurrido ya dos semanas y me parece hallarme en el umbral de un sueño, en trance de traspasarlo y de entrar en él, con los ojos muy abiertos, con todo mi cuerpo. Aún recuerdo mi carta, la he repetido tantas veces en silencio, buscando dentro de mí los ecos que haya podido levantar en tu interior, haciéndome tú una y otra vez, adivinando tus sentimientos, tus pensamientos, alejando de ti todo lo que me resulta extraño. Estas fueron las palabras que te dediqué:

»"Había duendes negros danzando en el azul de aquella noche, y eras imposible al otro lado de un cristal azul. Azul mi tristeza y tu sombra, azul un hondo dolor sin lágrimas, azul tu silencio en mi pena. Y tus ojos... inmensos mares negros perdidos para mi esperanza."»

IX

Por estas calles y estas casas jamás se oía una canción, una radio, una guitarra. Una gravedad sombría se cernía pesada sobre los aldeanos, de los que sólo he podido escuchar palabras sueltas, frases cortas, amagos de conversaciones siempre interrumpidas secamente. Matilde era distinta. Sólo tenía dos o tres amigas que se acercaban a ella con distancia y respeto. Los demás habitantes del pueblo la miraban con temor. Indudablemente, alguien que tiene poder para conjurar el mal de ojo, también lo tiene para echarlo. Era una mujer menuda, de estatura mediana y muy delgada. Aunque, como tantas otras, había nacido con el siglo, la tez de su rostro, surcada por profundas hendiduras, se iluminaba y rejuvenecía con la extraordinaria concentración de su mirada. Su silueta, recortada a lo lejos, gracias al brío y a la agilidad de sus movimientos, era siempre la de una mujer joven. Acostumbraba ocultar sus opiniones.

Era muy cautelosa en las breves observaciones que a veces hacía y las palabras que le llegaban del exterior eran simples excusas que ponían en marcha el hilo de sus recuerdos. Monologaba entonces confiada, perdiéndose en un «antes» intemporal y siempre vivo en su memoria y en sus palabras, con las que creaba, evocaba, inventaba un mundo extraño y cruel que, sin embargo, existió realmente a su alrededor, en otro tiempo. Vivía en la cocina de su casa y dormía en una pequeña habitación que había junto a ella. El resto de la vivienda creo que no lo habitaba. Yo nunca llegué a verlo, aunque según decía, toda ella estaba perfectamente amueblada. Pocos días después de su intromisión en la sesión de hipnosis, fui a visitarla. Tenía un lado práctico, atado a la tierra, que se expresaba fundamentalmente en el comercio. Yo ya había ido varias veces a su cocina, que en algunas ocasiones hacía las veces de tienda, para comprarle huevos de sus gallinas o leche de sus cabras. Una vez incluso se ofreció a matar para nosotras, como lo hacía para algunos aldeanos, uno de sus pollos o conejos. Elsa se negó. Supe entonces que era vegetariana.

Cuando llegué a la casa de Matilde grité su nombre desde la calle y ella me invitó a subir. Estaba adormecida al calor de la chimenea, como acostumbraba hacer siempre que no se dedicaba al cuidado de sus animales o a deambular de un lado a otro a las horas que el sol de invierno todavía podía calentar algo. En sus paseos tenía un territorio marcado, igual que un gato. El suyo estaba limitado por la fuente de los cinco caños por un lado, la panadería como el lugar más alto al que ella subía. Y por abajo, su linde coincidía con los límites naturales del pueblo. En el lado este de la aldea se hallaba su casa y, muy cerca de ella, salía un camino que la conducía al campo cada vez que necesitaba recoger leña fina. Ella sola, doblada por la cintura, cargaba con un haz de ramas secas, que economizaba con precaución para que le durase varios días. Al llegar a la cocina la encontré taciturna y con poco humor para charlar conmigo. Yo, sin embargo, señalando una fotografía enmarcada que colgaba de una pared, le pregunté:

—¿Era éste su marido?

—¡Era un verdugo! —me dijo, asintiendo antes con un leve movimiento de cabeza.

—¿A qué edad murió? Parece muy joven.

—A los cuarenta y dos años. Desde entonces estoy viuda. Y tenía él dieciséis años más que yo. Pero no quise casarme otra vez. No estaba dispuesta a aguantar a otro hombre.

Matilde guardó silencio, mostrando su desinterés por este tema. Bruscamente, como si deseara cambiar de conversación, me comunicó que le dolía mucho la cabeza.

—¿Quiere que le traiga una aspirina? —me ofrecí con amabilidad.

—No, hija, este dolor no me lo quita ni un okal.

Me senté al calor de la lumbre, sin que ella me

invitara a hacerlo. En otras ocasiones me gustaba preguntarle por los objetos que veía por la casa. Me asombraba ver que siempre tenía una historia para ellos. Recuerdo que una vez, señalando una devanadera que había sobre una mesita, con la lana de un ovillo a medio arrollar, como si la estuviera utilizando, le dije:

—¿Le gusta hacer labores?

—Yo ya no tengo la vista para esas cosas —me respondió.

En seguida me contó que ni siquiera tocaba aquella devanadera que había dejado allí, en el mismo lugar que ocupaba al morir su tía, la propietaria del utensilio y también de la casa que ella había heredado y que ahora habitaba. También me contó que sus tíos habían tenido, anteriormente, una vivienda mejor, pero que la vida en ella se les había hecho insufrible por culpa de los miedos que la habitaban.

—Los miedos son las ánimas de los difuntos —me aclaró.

Había tantos, que no les dejaban dormir por las noches. Y hasta los martinicos, duendes invisibles que todos parecen conocer en esta tierra, vivían atemorizados. Al fin decidieron cambiarse. Una vez instalados en la nueva casa, su tía se lamentó por haber olvidado la devanadera. Una voz sin cuerpo, tras ella, se apresuró a comunicarle que ya se habían ocupado de trasladarla. Era un martinico. Todos ellos habían seguido a los dueños de la casa. Claro que ni los unos ni los otros pudieron liberarse de las ánimas. Pues también los miedos hicieron la mudanza. Concluyó diciendo:

—Y aquí siguen todos. A mí no me asustan. Pero algunas veces... ¡Qué solivianto!

Matilde hablaba de estas cosas con gran naturalidad. Y la realidad que tenían para ella los miedos o los martinicos era, más o menos, la misma que concedía a la devanadera, a sus tíos o a la casa misma.

—¿Por qué no se echa agua fría en la cabeza? Es muy eficaz —le dije al escucharle un quejido de dolor en medio del prolongado silencio en el que nos manteníamos.

—¡Ay, hija! Yo el agua no la cato, ni fría ni caliente. A mis años eso ya no puede ser bueno.

Y, al decir estas palabras, dejó escapar un suspiro de resignación. Comprendí que estaba decidida a soportar el dolor sin hacer nada para aligerarlo. Y también que ella no entendía mi preocupación. Me miraba extrañada cada vez que yo insistía en ofrecerle algún remedio. Parecía que su sufrimiento no le importaba nada, absolutamente nada. Comenzó entonces a contarme, con los ojos entrecerrados y con una expresión de embotamiento en su rostro, olvidándose poco a poco de su propio dolor, cómo «antes» sí que había enfermedades y horrores que ya, afortunadamente, no se volverían a conocer. Aún no había olvidado aquellas epidemias que, en su juventud, asolaron varias aldeas a un tiempo. Cuando empezó la de cólera, ella tenía dieciocho años. De vez en cuando recordaba, sin que nada exterior se lo trajera a la memoria, imágenes de entonces. Una vez subió al lazareto, instalado en las afueras del pueblo, algo más arriba de las primeras casas, y vio cómo un hombre trataba de introducir un cadáver en una de las tumbas ya preparadas en la tierra. Y vio también cómo aquel cadáver, que todavía no lo era, sino que sólo lo parecía, empezaba a agitar sus brazos débiles pero desesperados, hundido ya en el hoyo, tratando de asirse a los pies de su sepulturero. Aquella escena, entrevista a través de la polvareda que el enfermero levantaba con su pala, tratando de aquietar al pretendido difunto, le pareció un sueño, una mentira. Pero en seguida supo que no lo era, que las autoridades habían determinado enterrar a los moribundos en el primer descuido o desmayo que tuvieran. Estaban convencidos de que con esa medida, muriendo ya bajo tierra los afectados por el cólera, el contagio amainaría. Más adelante dulcificaron las muertes por epidemia. Se limitaron a trasladar a los enfermos al cementerio. Y allí, acompañados por sus familiares, expiraban junto a las tumbas que se les había destinado. Algunos, muy pocos, lograron no morir, recuperarse y regresar a sus casas.

Matilde narraba estos infortunios mirando absorta, perdida en un tiempo que la había aterrorizado y que parecía no haberse ido aún del todo. Era un «antes» cristalizado y que ya formaba parte de su presente. Un «antes» en el que disponían de un solo peine y de una sola escoba para toda la calle, en el que, en virtud de aquellas haterías prestadas, todos los campesinos y pastores se convertían en perennes deudores de los pocos hombres ricos que habitaban la aldea. Las deudas no se saciaban con nada, ni siquiera con sus propias mujeres o sus hijas, ni con todo el tiempo de que ellos disponían entre sol y sol, ni con sus vidas enteras.

Matilde se enorgullecía a menudo de la independencia que había logrado, sin ayuda de nadie. Recibía una mísera pensión de viudez que le llegaba muy de tarde en tarde. Pero había logrado sobrevivir sola gracias a sus pocos animales y, sobre todo, como solía decir con satisfacción, porque desde muy temprana edad había aprendido a mantenerse viva casi sin nada. Antes de marcharme, aún tuvo humor, a pesar del dolor que la atormentaba y que ella consideraba incurable y caprichoso, de contarme cómo había conocido a Elsa, pues precisamente se encontraron por mediación de un dolor de cabeza. La vio por primera vez sentada en el umbral de una casa cercana a la suya. Desde allí se podía contemplar con facilidad el triángulo marino que, en los días nítidos, dibujaban las montañas en el horizonte. No le hubiera extrañado encontrar al pie de aquella puerta a una forastera, si ésta se hubiese hallado entregada a la contemplación del paisaje. Pero no era así: Elsa hundía la cabeza entre sus brazos, apoyándola en sus rodillas. Al principio le pareció que estaba llorando. Después, cuando se acercó a ella para ofrecerle su ayuda, si es que la necesitaba, reconoció en su cara señales de un fuerte sufrimiento. Cuando supo que le dolía terriblemente toda la zona izquierda de la cabeza, se sintió hermanada con ella. Pues ése era también su padecimiento más constante. La invitó a subir a su casa con la intención de darle una pastilla de okal. Elsa la miró como a una intrusa y, sin embargo, aceptó agradecida su ofrecimiento. Añadió Matilde que, desde el primer instante, le pareció una mujer muy frágil y desvalida y que en seguida sintió deseos de protegerla. También me dijo que ya entonces adivinó que algo muy grave le estaba sucediendo.

Me despedí de Matilde dejándola cobijada en su cocina, al amor de la lumbre y esperando paciente que, de un momento a otro, se debilitara su dolor. Era la hora de visitar a Elsa, como la mayoría de las tardes. Me trasladé de una casa a otra sin pensar en nada. En aquel tiempo me incomodaba tener que fijar mi atención en tanta piedra. Aún ahora, sigo sin acostumbrarme a estas calles, pero entonces me resultaba impensable el pasear plácidamente, contemplando el paisaje o las imágenes que me rodeaban. Tampoco podía pensar en otra cosa diferente a los pasos que iba dando. Las piedras del suelo me frenaban toda reflexión. Tenía que subir y bajar por las cuestas atendiendo siempre, con gran cuidado, al terreno que iba pisando, eligiendo cada lugar en que ponía el pie. En ningún momento desaparecía el peligro de resbalar o de tropezar, el constante peligro de caer.

Al entrar en la casa de Elsa percibí con agrado un olor a madera húmeda y limpia, a madera encerrada en una casa deshabitada. Era un olor cálido, acogedor. En cambio, en mi casa no lograba hacer desaparecer su olor a gallinero. Aunque me empeñara en cerrar herméticamente puerta y ventanas, suponiendo que procedía de las casas vecinas, el olor a gallinas y a conejos se quedaba siempre dentro.

X

Atardecía y encontré a Elsa cerrando las ventanas. Pues en cuanto caía la noche, se apresuraba impaciente a encajar todos los postigos, como si temiera ser observada por ojos sin rostro, ocultos en la oscuridad, tras los cristales. Más de una vez se había sobresaltado en la noche al escuchar sonidos leves, sigilosos como las pisadas de un gato. Y, con frecuencia, eran producidos precisamente por los gatos que cruzaban la casa, casi invisibles, al menor descuido, en cuanto se dejaba una ventana o una puerta entreabierta.

Elsa había dado un paso importante en su relación con Agustín Valdés: le había telefoneado. Se mostraba entusiasmada por la actitud con que él le había respondido. Mantuvieron una larga conversación y la voz de Agustín había quedado prendida a su memoria, provocándole una exaltación y una voluptuosidad extraordinarias. Había descubierto importantes afinidades entre ellos. Estaba convencida de no haber logrado en su vida un grado de comunicación tan alto como el que había encontrado con él. Finalmente se decidió a darle su dirección y su número de teléfono. Y esto la condujo a la incertidumbre de una espera, quizá justificada, pero no por ello exenta de temores y de desasosiego. Cada tarde, al terminar de comer, ya se sentaba ella en la terraza. Y entonces el té o el café que tomaba, la lectura, la paciente espera y la posterior contemplación del autobús rojo, subiendo lentamente, como una tortuga, zigzagueando por la carretera, ocultándose unas veces y apareciéndose otras, mientras ascendía por la montaña en dirección a la aldea, todo ello, formaba parte de una ceremonia cotidiana y alentada por su pasión. Así transcurrían sus tardes, una tras otra, conducidas por una desmesurada esperanza depositada en una simple carta de Agustín Valdés, que quizá podría venir en aquel autobús, con el correo del día.

Al entrar en su casa y saludarla, advertí en ella una transformación: sus movimientos se habían hecho más rápidos y vitales, sonreía con sus ojos, con sus labios, con todo su cuerpo. Una sensación de euforia emanaba de ella e impregnaba cuanto la rodeaba. Su voz exaltada había subido el tono y se precipitaba nerviosa tratando de describirme lo que había sentido al recibir, al fin, aquella misma tarde, la carta deseada. Insistió en dejármela. La leí con cierto pudor y no encontré en ella justificación suficiente para tanto entusiasmo. Me pareció cordial y amistosa, pero ella se había quedado prendida a una sola frase y, quizá, pienso ahora, con razón. Decía: «Llámame alguna vez "aunque no te llame" (y no me reproches eso. Prometo en cambio escribirte, pues es al escribir cuando se me une el corazón con la atmósfera...). Un abrazo de Agustín.» Desde aquella explícita promesa su ansiedad creció peligrosamente. A partir de aquel día, como un vigía en su atalaya, aguardaba en la terraza hasta que descubría al cartero bajando por la calle y pasando de largo por su puerta o hasta que se cansaba de esperarle, porque ni siquiera bajaba. Ese era su momento más amargo. Pero, a pesar del repentino desaliento, desplegaba en seguida, ansiosamente, toda su vitalidad para enredarse en una multitud de acciones cotidianas: encendía la chimenea, subía de compras a la tienda, ordenaba la casa, preparaba la cena, lavaba las ropas... Gracias a su actividad, lograba que el tiempo corriera lo más deprisa posible, para llegar así al día siguiente y, con él, comenzar a vivir de nuevo la desmesurada esperanza que había puesto en una sola carta. Sin embargo, antes de dormir se detenía, durante horas, perdiéndose en su ensoñación amorosa. Escribía entonces sus cartas a Agustín Valdés y sus anotaciones en el cuaderno que ahora yo poseo. Y la quimera que iba construyendo se asentaba sólidamente en un territorio musical, en las melodías que iba seleccionando y que, como ya he dicho, constituían el espacio necesario para su amor, el que alcanzaba su cima precisamente en aquella intemporalidad de la música y de la noche. Y decía que era entonces cuando, misteriosamente, encontraba una intimidad y una cercanía que, quizá, ni siquiera él mismo, con su presencia real, hubiera logrado. Casi llegaba a percibir su aliento, el calor de su cuerpo, su atención amorosa.

«Anoche volví a soñar contigo, Agustín —había escrito Elsa en su cuaderno—. ¿Soñar?, no estoy segura de poder nombrar así los lugares, objetos, paisajes, personas, palabras, sucesos, que se me aparecen constituyendo esa otra vida que comparto contigo, no sé dónde ni cuándo, pero que me pertenece de la misma manera que ésta de todos los días. Soñé que entraba en una sala de discretas dimensiones. El público y la orquesta me estaban esperando. Yo iba a dar un concierto. Ya desde la puerta te distinguí entre todos ellos y sentí, envolviéndome, el aliento de tu amor. Advertí también el silencio tenso y la curiosidad malsana que los demás oyentes me dedicaban. Yo acababa de regresar de un lugar lejano. Aquél era el primer concierto que iba a dar después de mi viaje. Un reproche, algo cercano al rechazo, flotaba contra mí en la atmósfera de la sala. Y, sin embargo, yo sabía que, al mismo tiempo, me admiraban y respetaban. Y sabía también que ambos sentimientos contradictorios habían sido despertados por nuestro amor, conocido de todos y, a la vez, oculto, al que nadie se atrevía a aludir en tu presencia o en la mía. Aún no he llegado a saber por qué pesaba sobre nosotros aquella prohibición. Pues era evidente que nuestra relación, que contaba ya con una larga historia, no era lícita. Recuerdo que, al entrar en la sala, mi actitud era de rechazo y desafío a un tiempo. Abundaban en el sueño alusiones precisas a algo que había sucedido y que no logro traer a la luz. Yo no tenía presente, en aquellos instantes, un acontecimiento concreto, pero bullían en mi interior las impresiones vagas y desapacibles que un suceso desagradable puede dejar en los momentos en que permanece relegado en la memoria. Estas impresiones y las que recibía del exterior parecían formar parte de esa red que la vida teje alrededor de cualquier persona. Aquello que yo estaba viendo era, con seguridad, unas horas pertenecientes a una vida humana, ligadas a un pasado y tendidas hacia un futuro, con todas las esperanzas, inquietudes, temores, incertidumbres, que van de uno a otro. Aquellas personas, aquel amor, aquel conflicto, incluso tú, formabais parte de la urdimbre de una vida que me es ajena y que, no obstante, también la recuerdo como si fuera mía. Antes de sentarme ante el piano, anuncié decidida que iba a interpretar una obra de Mozart, el concierto número veintisiete para piano. Recuerdo con claridad este dato. Entonces una sensación de vértigo me invadió. Acababa de advertir que yo no sabía tocar ningún instrumento musical. No comprendía mi osadía y, sin embargo, me dispuse a cumplir mecánicamente lo que todos estabais esperando de mí. Al principio, las teclas no existían, eran sólo un simulacro, estaban pintadas en una rígida lámina de metal. A pesar de ello acerqué mis manos indecisas al teclado y, de pronto, inexplicablemente, libres de mi control, como si volaran rozando las teclas, ahora auténticas, empezaron a interpretar una melodía que aún resuena en mi memoria, y a la que yo me fundí entonces con una plenitud extraordinaria. Estaba interpretando realmente un concierto para piano de Mozart. Aquellas notas adquirieron una realidad insólita para existir sólo en un sueño.

»Cuando terminó el concierto, recibí unos aplausos, escasos y corteses, todavía sentada, sin levantarme, cerrando los ojos y tratando de adivinar cómo me mirabas en aquellos momentos. Finalmente me levanté, di unos pasos hacia el público, tú estabas entre ellos mostrándome, desde lejos, tu entusiasmo amoroso, y saludé con una ligera reverencia que te dedicaba sólo a ti, igual que mi interpretación. Había tocado el piano sólo para que tú me escucharas. Aquel concierto era una de tus melodías preferidas. Salí de la sala poco después, acompañada por dos amigos que en mi vida real no identifico con nadie. Tú venías detrás, junto a una mujer, bastante mayor que yo y que, de alguna manera, nos estaba sepa-

100

rando. Caminábamos lentamente. Yo te sentía a mis espaldas, a unos metros de distancia. Y sentía tu mirada y tu pensamiento concentrados en mí. Durante aquel largo paseo yo existí, en silencio, sólo para ti.»

XI

Matilde llegó a casa de Elsa sobresaltada y tratando de mostrarnos una dudosa alegría. Aquella misma tarde había comprado su nicho. No le gustaban las tumbas, le asustaba reposar bajo tierra y llegar a confundirse con ella. Prefería un agujero aseado en la pared. Así necesitaría menos cuidados, pues ella no contaba con ningún familiar que la atendiera en el cementerio. Elsa y yo nos esforzábamos en compartir su alegría. Las tres escamoteábamos el verdadero significado de semejante compra. Hablábamos de ello no con entusiasmo, pero sí evidenciando lo que de satisfactorio había en el hallazgo, como si lo que de verdad importara en esa cuestión fuera el haber adquirido el nicho a un buen precio, o el que estuviera a salvo de humedades gracias a su situación en el muro más asoleado del cementerio. «A más de uno le voy a dar yo un susto», decía Matilde bromeando con su propia muerte. Elsa se reía,

103

olvidada del motivo que aquella noche nos había reunido en su casa. Desde que recibiera la carta de Agustín Valdés, se había dedicado a releerla una y otra vez, a escribirle y a llamarle por teléfono. Esperaba con ansiedad nuestra próxima sesión de hipnosis. Esta vez fui yo quien fijó la cita para el primer viernes que llegara. Necesitaba disponer de tiempo, sin prisas, sin tener que madrugar a la mañana siguiente. A ella no le importaba que Matilde asistiera, así que la invitó a participar en nuestro experimento. En cambio yo me sabía incapaz de ponerme en situación si la tenía a ella como espectadora. Matilde había llegado dispuesta a organizar una tertulia, tratara de lo que tratase. Pero su actitud desenfadada, incluso incrédula, ante el hipnotismo, sus previsibles interrupciones, sus preguntas improcedentes, eran para mí una auténtica mordaza que me incapacitaba para realizar mi papel. Quizás aquello a lo que nosotras llamábamos hipnosis tuviera mucho de representación, más o menos consciente, pero para mí estaba claro que en ella no cabía más público que Elsa y yo. No había lugar en aquel experimento, tan frágil por otra parte, para la mirada escéptica de Matilde. Después de la compra que, dado lo avanzado de su edad, se había visto obligada a realizar, me pareció que no era el momento adecuado para rogarle que se marchara, como pensaba hacer en cuanto tuviera una oportunidad. Podía haberle pedido, disculpándome antes, que nos dejara solas. Podía haber intentado que comprendiera cómo me cohibía su presencia y haberle prometido que, más adelante, cuando hubiera logrado dominar la técnica de la hipnosis, ella podría asistir a nuestras sesiones. Pero me resultaba tan embarazoso pedirle, con las palabras que fuera, que se marchara de la casa, que sólo fui capaz de decirle:

—Matilde, por favor, necesito estar sola con Elsa. Si no le importa, márchese ya, porque es un poco tarde.

Se lo dije, además, con una aspereza involuntaria. Y, evidentemente, no se puede hablar así a nadie sin titubear, sin dedicarle al mismo tiempo el tono de voz más cordial posible y sin pedirle perdón repetidas veces. Ella, superando el primer momento de desconcierto, se levantó desconsolada y abiertamente enemistada conmigo. Ya en la puerta, se volvió de golpe, adquiriendo una quietud que me asusto. Miró a Elsa con dureza, como exigiéndole, en el último momento, que la defendiera y que tomara su partido. Pero Elsa se limitó a prometerle que, al día siguiente, le contaría todo cuanto hubiéramos descubierto en el experimento. Finalmente, Matilde pronunció un «Buenas noches» muy triste y se marchó con la actitud de una niña a la que acababan de castigar. Pensé que lo sucedido no tenía gran importancia y que ella lo olvidaría en poco tiempo. Pero me equivoqué. Aquella impertinencia que me permití con Matilde enturbió nuestra relación para siempre. Desde entonces no dejó de tenerla presente, de una u otra manera, cada vez que nos encontrábamos. Pero en aquellos momentos yo sólo pensaba en la otra historia de Elsa, y en la de sus sueños, en la que parecía no tener lugar en este mundo y en la que mi curiosidad ya había picado sin poder retroceder. Y llegar hasta ella era tan intrincado... No podía permitir ninguna distracción. Estaba decidida a deshacerme de cualquier obstáculo. A veces pienso que el atractivo y singularidad de aquella historia, de cuyos hilos íbamos tirando Elsa y yo, consistían precisamente en su peculiar manera de ir apareciéndosenos. Ni siquiera ahora estoy convencida de que aquel rito, al que ambas nos entregábamos y el que nos abría la puerta desde la que contemplábamos aquella otra vida en la que Elsa aseguraba participar, fuera realmente una sesión de hipnosis. Pero sí era evidente que para asomarnos a ella necesitábamos primero realizar aquella ceremonia.

Mientras escuchábamos el concierto número veintisiete de Mozart, yo balanceaba la sortija de diamantes ante el rostro de Elsa, quien se concentraba en su movimiento pendular hasta llegar a lagrimear. En cuanto cerró los ojos improvisé una prueba para cerciorarme de que ya estaba sumida en el trance. Inmediatamente verifiqué con emoción que la puerta se nos había abierto y, tras ella, la historia que habíamos convocado se nos aparecía. Elsa acababa de entrar, de nuevo, en la sala de conciertos de su sueño.

—Estás tocando el piano —le sugerí—, interpretas un concierto de Mozart, el número veintisiete.

El público de la sala te escucha en silencio. Agustín Valdés se encuentra entre ellos, te contempla conmovido.

Yo no sabía si mis palabras llegaban o no hasta ella. Y, aun así, al terminar el concierto de Mozart, en medio de un silencio abrumador, continué:

—Has terminado tu interpretación. Ahora te levantas y das unos pasos hacia el público, alejándote del piano. Te aplauden todos, aunque sin mucho entusiasmo. Estás mirando a Agustín. Sólo él existe para ti en estos instantes. ¿Le ves? ¿Cómo está vestido?

—Lleva una levita de color verde oscuro y, debajo, una camisa blanca con volantes o un lazo anudado al cuello. No puedo distinguir con claridad. La sala está en penumbra.

—¿Quiénes están junto a él?

—Hay otras personas que ya se han levantado para marcharse. Los veo un poco borrosos pero me resultan familiares. El se queda sentado. Me mira intensamente.

—Fíjate mejor en las personas que se han levantado junto a él. ¿Puedes reconocer a alguien?

—Sí. Eduardo también se está levantando.

—¿Eduardo? ¿Es Agustín?

—Se dirige hacia un grupo reunido al final de la sala. Sólo hay hombres entre ellos. Son sus amigos. Están hablando en voz muy baja. No puedo escucharles.

—¿Cuántos forman el grupo?

—Ahora yo me acerco a ellos. Estoy junto a Eduardo. Me roza la mano en una caricia casi imperceptible.

—¿Cuántos son? —insisto.

—Seis o siete. Los conozco a todos. He asistido, acompañando a Eduardo, a algunas de sus reuniones.

—¿Qué clase de reuniones son?

Después de largos minutos de silencio, Elsa continuó:

—Yo no pertenezco al grupo. Pero Eduardo me lleva con él algunas veces. Observo siempre desde fuera. No comprendo bien las cosas que dicen. Existe entre ellos una complicidad que no comparten conmigo. En mi presencia siempre hablan a medias, ocultando intencionadamente algo. Eduardo se enfada si le hago preguntas sobre esas cosas.

—Y ahora, ¿puedes entender lo que están hablando?

—Ahora están en silencio. Saludan a uno de ellos que se acerca desde el otro extremo de la sala. Sé que pertenece al grupo porque le conozco. Es amigo mío. Cuando llega me sonríe y me saluda a mí antes que a los demás. Ahora entrega un libro a Eduardo. O no, no es exactamente un libro. Es un manuscrito pequeño y encuadernado artesanalmente. Eduardo lo recibe con ansiedad. Lo abre y empieza a leerlo. Yo puedo verlo también. Está escrito a mano, con una caligrafía perfecta pero muy difícil de descifrar.

—Intenta leer algo.

—No puedo. Pero sé que no tiene autor conocido. O, mejor dicho, ha sido escrito por varios autores que se desconocen.

—¿Para qué se lo da a Agustín?

—Agustín lo estaba esperando. Ahora lo está leyendo entre líneas, pasa sus hojas, una tras otra, como si buscara algo. Creo que él tiene que escribirlo otra vez, pero de manera diferente. El amigo que se lo ha traído se queda entre el grupo, hablando con los demás. Tiene el pelo blanco, aunque no es viejo. Sus ojos parecen sonreír siempre, también cuando está serio. Tiene unas ojeras muy marcadas. Eduardo me coge ahora por un brazo, pero en seguida se separa de mí. Saluda a una mujer que acaba de llegar. Es bastante mayor que yo. Debe tener alrededor de cuarenta y cinco años, la edad de Eduardo. Es muy guapa. Está peinada y vestida con una gran elegancia. Me sonríe con frialdad y me felicita cortésmente por mi interpretación. Me siento anulada. No soy capaz de responderle. Ella se dirige a Eduardo y los dos me ignoran. Le reprocha algo que yo desconozco. No habla con claridad. Observo a Eduardo con tristeza. En su rostro va apareciendo una tensión, a medida que ella habla, hasta transformarse en un profundo malestar. Está muy contrariado. Ella sube el tono de su voz, está irritada. El se vuelve hacia mí y me mira unos instantes. «Tú no temas nada», me dice con un amor que me estremece. Continúa su conversación con esa mujer.

—¿De qué están hablando? ¡Escúchales con atención! —le ordené impaciente, como si ella estuviera sumergida en un pozo, contemplando imágenes que yo sólo podía escuchar.

—Bismarck. Hablan de Bismarck —me respondió con preocupación.

—¿Qué dicen?

—Hay guerra. Eduardo está en peligro. Le buscan por algo que desconozco. Ella trata de convencerle para que huya. Le dice que ya ha preparado todo lo necesario para su marcha. Ahora, con voz autoritaria, afirma que no permitirá que nada, ni nadie, le retenga en la ciudad. Se dirige a mí con una mirada larga y cruel. Se marcha sin despedirse. Eduardo está abstraído en algo. Me ignora. No sé qué le ocurre. Ahora no veo nada. Todo se ha oscurecido.

Elsa guardó silencio, como si de verdad estuviera sumida en una profunda oscuridad. De pronto, sin atender a mis preguntas, comenzó a hablar:

—La sala está vacía. La pared es de madera. Me acerco a una ventana, a través de ella contemplo un paisaje que me resulta muy familiar, así como el tacto de las cortinas. Son de terciopelo verde. Puedo percibir su olor a polvo.

Después de unos instantes, durante los que parecía haber sido abandonada por sus imágenes, continuó con ansiedad:

—Estoy en un jardín. Hay una luz muy clara, sin sombras. Está amaneciendo. Siento frío. A lo lejos descubro a Eduardo. Camina con mucha prisa. Le

llamo pero no me oye. Me acerco corriendo, asfixián-
dome. El me mira y no se detiene. Pasa bajo un por-
che de columnas de mármol cubiertas por enreda-
deras. Allí le alcanzo. Grito su nombre. No puedo
soportar su mirada irritada y distante. Mecánicamente dirijo mis ojos hacia el suelo. El, inmóvil
ahora frente a mí, no me dice nada, no hace ningún
gesto de acercamiento. En la mano derecha lleva una
cartera negra, de cuero. La reconozco. En ella guar-
da sus escritos. Está escribiendo un libro. Ahora lo
recuerdo. Está vestido con un abrigo largo de color
oscuro y cubre parte de su rostro con una bufanda
blanca. Yo tampoco digo nada. No puedo hablar.
Comienzo a llorar desesperada, sin poder controlar-
me. Por un camino cercano se aproxima un coche
de caballos. Eduardo corre a su encuentro sin despedirse de mí, sin decirme ni una sola palabra. Me
abandona. Ni siquiera vuelve la cabeza para mirarme cuando alguien, desde el interior, le abre una
puerta. Lo veo subir y desaparecer.

Elsa tenía los ojos cerrados pero no dormía, su
expresión era vigilante. Esta vez el silencio fue más
prolongado. Pensé que debería despertarla y terminar ya la sesión. Pero ella, sin ser interrogada, habló
de nuevo:

—La playa está vacía y hace mucho frío. En la
arena, junto a mí, hay láminas de hierro cubiertas
de robín. Están agujereadas. Presiento algo horrible... Un dolor insoportable. No veo nada... Se me
van todas las imágenes... Ahora llega Eduardo. Ha

111

envejecido muchísimo. Su pelo, muy alborotado, se
ha vuelto blanco, sus mejillas están muy afiladas,
sus ojos se mueven inquietos de un lado a otro con
una mirada desapacible. Es la locura. Ese es precisamente su aspecto: el de un loco. Apoya sus manos
en la balaustrada blanca que tiene delante. Desde
allí contempla una playa donde se ven restos desperdigados de barcos destrozados. Allí he muerto yo.
Lo sé. Y por eso él contempla ese lugar cada día. Mi
muerte ha sido horrible. El lo sabe. Pero yo no
puedo recordar nada. Sólo tengo impresiones vagas
y lejanas que me asustan.

Elsa hablaba en voz muy baja, casi imperceptible.
Finalmente se agotaron sus visiones y se abandonó
a una total laxitud. Esperé durante unos minutos
antes de empezar a contar hasta el número diez.
Cuando di una palmada, señal que la devolvería a
este mundo, ella abrió los ojos y se quedó muy
quieta mirando el fuego, sin interesarse por todas
aquellas escenas que había ido nombrando en voz
alta y que yo, a petición suya, había escrito con de-
talle. Rechazó los folios que le tendía alegando que
no necesitaba leer nada, pues recordaba con precisión todo cuanto había visto. Me pidió con sequedad que la dejara sola. Se encontraba muy cansada
y deseaba estar en silencio y dormir pronto. Me marché entonces dejándola prendida a unas imágenes
que evidentemente estaba incorporando a su memoria como si fueran recuerdos muy profundos,
como si constituyeran un pasado que le pertenecía.

112

XII

Una vez en mi casa reescribí con esmero los apuntes que había ido tomando durante la sesión de hipnosis. Los añadí a los otros datos que Elsa me había proporcionado en la sesión anterior y a los sueños que me había referido. Releí todo ello con cierto entusiasmo, pues la historia ya estaba esbozada, adquiría cuerpo, se hacía visible y sus piezas, como las de un rompecabezas, comenzaban a agruparse según un orden, para dibujar una figura determinada. Sur de Alemania... guerra... 1864... Bismarck... Estas cuatro piezas ya estaban formando la figura de un momento histórico. Efectivamente, después de algunas consultas, descubrí que Bismarck había sido primer ministro en Alemania durante el período comprendido entre 1862 y 1871. Con el fin de unificar la nación sometió al país a constantes y duras guerras, por ejemplo con Francia, en la que intervino especialmente la zona del sur. Y allí había situado Elsa, desde el trance hipnótico, la ciudad donde transcurría la historia que la estaba persiguiendo. Yo trataba de evitar las preguntas que me acosaban sobre la naturaleza de semejante historia. Sólo quería recomponerla. Me había propuesto desenterrarla, sacarla completa a la luz. Pero si, tentada por una curiosidad inevitable, me interrogaba sobre esa oscuridad de donde ella iba surgiendo, me enredaba en hilos que terminaban conduciéndome a algo que, según me parecía, no podía ser sino un disparate. A veces trataba de poner orden en la confusión que me sobrevenía, utilizando una razón común, una mirada sensata. Pensaba entonces que la imaginación de Elsa, transfigurada en el trance hipnótico, adquiría la capacidad de relacionar, conducida por mis preguntas, hechos, personajes, lugares, acontecimientos, que ya estaban entrelazados en su subconsciente, como dirían algunos. Elsa era licenciada en Filosofía y Letras. Forzosamente había tenido que estudiar la historia de Alemania. A veces concluía arbitrariamente que la imaginación y la memoria de Elsa podrían unirse, e incluso confundirse, en un juego de complicidad, para la confección de una historia que probablemente no había existido más que en sus palabras. Con frecuencia había observado cómo sus ojos vagaban soñadores, deteniéndose de pronto en cualquier objeto que, estaba segura, ella no veía. Y su atención quedaba atrapada en alguna de sus visiones, como si recordara, como si regresara al espacio de una memoria inmensa que se desbordaba, extendiéndose más allá de los límites de su pasado. Pues en esos momentos me parecía que su imaginación se hacía memoria y que sus invenciones se convertían en recuerdos.

Tan absorta me encontraba en aquella historia, en Elsa, en su desmesura, en el transcurrir de su amor, que, de pronto, me sorprendió la proximidad de las vacaciones. Durante los pocos días que quedaban de clase tuve que dedicarme a la corrección de exámenes y a los preparativos de mi viaje, pues había decidido pasar las Navidades en Madrid. Vi a Elsa una sola vez, cuando fui a despedirme. No me extrañó que no deseara abandonar la aldea, que incluso se le hiciera insufrible la idea de trasladarse a una ciudad, aunque sólo fuera por pocos días. Pensé entonces que estaba refugiada en las montañas, entre seres que ya casi no existían, escondiéndose en la irrealidad de su amor, rehuyendo un mundo que la asustaba. Y, sin embargo, días más tarde, ya en Madrid, mientras me hallaba perdida en el trajín de sus calles, bajo retazos de un cielo polvoriento, gris, sucio, cruzándome con una multitud de rostros inexpresivos, miradas ausentes, coches por la calzada, por las aceras, por el césped de los parques, por los portales, oliendo siempre a gasolina quemada por todas partes, mientras atravesaba túneles de metro, encontrando viejas vendedoras de tabaco, cuya pobreza era tan diferente a la de esas otras de la aldea, pensé que toda aquella inmensidad que me rodeaba, tan compleja y ruidosa, no era

115

mucho más real que lo que Elsa estaba viviendo allá arriba, en las montañas, fuera del mundo.

Cuando dos semanas más tarde regresé a Las Alpujarras, me pareció que el pueblo entero había envejecido, como si aún le cupiera a sus calles, a sus fachadas, a sus piedras, un poco más de tiempo. Y me pareció que no llegaba a ninguna parte, que todo aquello que veía era sólo un recuerdo. Tenía la cabeza embotada, me silbaban los oídos y me pesaban las piernas al caminar. Tardé varios días en readaptarme a la altura. Después, fui a visitar a Elsa. Era la hora en que el cartero solía hacer su recorrido. Así que la imaginaba en la terraza de su casa, esperando la carta de Agustín Valdés. ¿La habría recibido ya?, me pregunté mientras llamaba a su puerta y comprobaba que no había nadie en el interior. Durante aquellos días Elsa había escrito en su cuaderno:

«...al volver, la sombra de un pájaro de la noche cruzaba la fachada de mi casa. Entré nerviosa y huyendo de los pájaros negros. En el interior sólo había silencio. Tu carta no estaba en ninguna parte. Ahora, al menos, he decidido no esperarla. Me marcho por las tardes, muy temprano, y regreso ya de noche para olvidarme del cartero, quien rara vez baja hasta mi calle, y, cuando lo hace, pasa por delante de mi puerta sin llamar. Estoy aceptando ya que nunca me vas a esrcibir, que quizá nunca te vea. Algo así como si no existieras, como si jamás hubieras existido. Quiero creer que yo no soy esta que te ama, esta que piensa en ti de manera obsesiva, esta que me destruye y me domina para conducirme a la desesperación. Yo no soy esta que te espera, que sueña contigo y que ya casi no es otra cosa que tú. No soy esta que me trae el deseo de morir y que siente que todo cuanto no sea vivir contigo este amor que ensueño es destrucción, condena, oscuridad. Por eso necesito negarte dentro y fuera de mí, ser más fuerte incluso que esos sueños de amor que me traicionan tantas noches. Procuro pasar las tardes en las montañas, siempre sola, en los lugares más bellos, entre árboles frondosos y arroyos de agua transparente. Huyo de ti pero tú estás en todas partes. Y ahora sé que no hay un rincón en este mundo donde yo pueda esconderme de esa sombra tuya que ya tanto me entristece. Quisiera no escribirte siquiera, pero ya ves, no me es posible. Una vez más compruebo, con desesperanza, que a mi amor no se le permite otra vía de realización que la de ser escrito para ti.

»Me gusta escuchar lo que siempre es lo mismo, lo que nunca cambia, como el sonido del viento o el silencio de las montañas. Si yo pudiera no pretender nada... no desear nada... La muerte me amenaza desde todas partes. ¡Qué escándalo envejecer y morir! El sonido del viento siempre me lleva muy lejos y me ayuda a descansar, como cuando era niña. Ni siquiera el Dios único tiene poder para acercarte a mí. O quizás sólo se lo impida su indiferencia. El mundo parece ser el mismo en todas partes, pero no es así. Pues aquí, en esta aldea, marginada de la historia y lejos de los que rigen los destinos humanos, me parece haber caído en un mundo otro, enigmático y cruel. Aquí pasan los días como las hojas de un libro. Tengo la impresión de estar tocando ya el final con una mano. Soy demasiado débil y mi desesperanza, en cambio, es demasiado grande para esta soledad de las montañas. Me siento subida a una extraña plataforma aérea, lanzada ya hacia la muerte. Y tú, Agustín, me destruyes. Mira cómo me haces enfermar: débil por ti, enloquecida por ti, que sólo me das tu silencio. Pero ya he aprendido a escuchar tu voz sin que me hables, y eso es lo peor. Pues ahora sé que tu silencio no es silencio, ni tu indiferencia, indiferencia. O quizá sólo sea mi esperanza disparatada que me hace inventar un fantasma, tú, con los sentimientos que deseo.»

Mientras esperaba a la puerta de Elsa, llamando de vez en cuando por si se hallaba en el interior y no había escuchado mis golpes, o mirando en todas direcciones por si la veía venir, descubrí a Matilde que bajaba a visitarla.

—¿No está Elsa? —preguntó con sequedad y mostrándome que aún no me había perdonado.

—Creo que no —le respondí. Y en seguida traté de excusarme, evidentemente a destiempo y en una situación poco oportuna. Le expliqué con cordialidad los motivos que me impulsaron a pedirle que se marchara aquella noche de la casa de Elsa. Le dije que su presencia, o la de cualquier otro, me cohibía y me impedía concentrarme. Añadí que sumir a alguien en el trance hipnótico requería, al menos en mi caso, un gran aislamiento. Ella me escuchaba frunciendo el ceño con desconfianza. Cuando terminé, me dijo solamente:

—Sí, claro, y con ese «conque» me echó usted de la casa.

Comprendí que mis explicaciones eran ya inútiles. Ella retenía sólo el hecho. Las motivaciones que me hubieran conducido a aquella impertinencia eran sólo vaguedades, excusas, que no iban a servir para mediar entre nosotras, ni para reconciliarla conmigo.

—Bueno —dije desanimada—, lo siento, lo siento de verdad.

Me despedí de ella mostrándole toda la amabilidad que pude. Prefería ver a Elsa en otro momento, sin su presencia. Pero, al día siguiente, cuando fui a visitarla por la tarde, Matilde ya estaba allí. Me pareció que Elsa no le prestaba ninguna atención, la dejaba permanecer a su lado, sentada frente al fuego y adormecida, como si fuera un gato. Cuando entré me recibió con muestras de alegría, pero en seguida se hundió en un silencio taciturno, jalonado por alguna que otra pregunta convencional sobre mi viaje. La encontré algo cambiada. Sus mejillas enrojecidas, más bien quemadas por el sol y por el calor de la chimenea, le prestaban una apariencia de salud que sus ojos, agrisados por la tristeza, su voz lenta y débil, sus ademanes de cansancio, desmentían a cada instante. Fue entonces cuando empezó a padecer largos insomnios y a perder el apetito. Y, sin embargo, a pesar de su desaliento, bastaba una insignificante señal del exterior, algo en lo que ella pudiera leer una referencia a su amor, para que de nuevo cobrara aliento su esperanza. Así la encontré un día, excitada por una euforia que yo sólo podía atribuir a la llegada de una carta de Agustín Valdés o a algo parecido. Ya desde lejos, cuando me acercaba a su casa, me descubrió desde la terraza. Aún no se había puesto el sol tras el Tajo Gallego, hacía frío, pero ella seguía allí, con un libro entre sus manos, leyendo y releyendo un fragmento que, según me dijo, se le acababa de aparecer. Pues lo que más le había impresionado de aquel mensaje que le llegara desde las páginas de *La fugitiva* de M. Proust, fue precisamente su manera de encontrarlo. Si lo hubiera descubierto en el transcurso de una lectura normal, no le habría emocionado tanto. Pero el hallazgo lo tuvo de otro modo. Se había sentado en la terraza dispuesta de nuevo a esperar el correo del día. Mientras se servía té y leche en una taza, dejó el libro en su regazo. En un movimiento involuntario éste se abrió y, al acercar la taza a sus labios, su mirada se fijó distraídamente en unas líneas. Decían lo siguiente:

«Por lo demás, en la historia de un amor y de sus luchas contra el olvido ¿no ocupa el sueño un lugar aún mayor que la vigilia, el sueño... que nos prepara, por la noche, un encuentro con aquella a la que acabaríamos por olvidar, mas con la condición de no volver a verla? Pues, dígase lo que se quiera, podemos tener perfectamente en sueños la impresión de que lo que en ellos ocurre es real.»

Del entusiasmo que le despertaron estas palabras surgió una nueva carta para Agustín Valdés. Esta vez le enviaba una fotografía de ella misma, en la que aparecía con una belleza sobrenatural, con una armonía difícil de encontrar en un rostro humano. Añadió una nota en la que decía: «Permíteme que introduzca mi imagen al menos en tu casa, ya que en tu alma no me es posible. Pues temo que no me recuerdes nunca y que, si me llegaras a ver, ni siquiera me reconocieras. Y mi mayor deseo es habitar tu soledad, tus noches, tus sueños, tus ensueños, de la misma manera que tú me habitas a mí desde hace tanto tiempo.»

XIII

Elsa había cerrado los ojos antes que en las sesiones anteriores. Detuve el movimiento pendular de
los diamantes y, a la luz de una sola vela, me concentré en sugerirle un escenario y una situación que
ella misma había esbozado, minutos antes, al refe-
rirme el último sueño en el que había aparecido
Agustín Valdés. Sin embargo, en esta ocasión tarda-
ba en responderme. Pasaba el tiempo y yo repetía
con insistencia mis preguntas y sugerencias pero ella,
sumida en una profunda lejanía, no daba señales
de estar escuchándome. Su rostro imperturbable
mostraba un hondo descanso. Yo cavilaba desconcertada, tratando de adivinar las imágenes que, en
aquellos momentos, quizá se le estuvieran apareciendo desde la oscuridad en la que parecía sumergida.

Una vez más repetí en voz alta, frente a ella, la
escena de su sueño más reciente:

—Estás en el interior de una casa, en el campo, en una pequeña sala muy luminosa, de grandes ventanas. Tú estás junto a una de ellas. Tras los cristales, sobre el alféizar, hay plantas con flores. También hay un jardín y, más lejos, un bosque frondoso. ¿Puedes describirme el interior de la habitación?

—Frente a mí está Eduardo —me respondió al fin con la misma facilidad de otras veces—, lee unas hojas de papel. Creo que es una carta. Está muy enfadado. Ahora grita lleno de cólera. Parece que todo tiembla con sus gritos.

—¿Eduardo es Agustín?

—Sí —me dijo lacónicamente, contestando al fin a una pregunta que parecía no haber escuchado en otras ocasiones.

—¿Por qué grita de esa manera? —interrogué—. ¿Por lo que está leyendo? ¿Está enojado contigo?

—Conmigo está bien. Es la carta lo que le irrita.

—¿Puedes entender algo de lo que dice?

—Hay guerra. Habla de problemas políticos y de personas a las que yo no conozco.

—¿Y tú, no dices nada?

—Intento tranquilizarle. Pero es peor. Se encoleriza todavía más.

—¿Qué ocurre ahora?

—Nada. Le estoy mirando. Le amo intensamente. Siento tanto amor en estos momentos...

—¿Puedes describirme la habitación donde estáis?

124

—Me levanto y me voy. Es de noche. Estoy sola. Tengo miedo. Hace mucho frío.

—¿Adónde vas?

—Estoy muy cansada. Voy remando en una pequeña barca. Estoy sola. Es de noche. Todavía me encuentro por el centro del lago. Percibo un olor a agua estancada. Ya estoy bordeando la orilla. Las ramas de los árboles arañan mi cara. Las aparto con una mano. Sus hojas están resbaladizas y mojadas. Hay muchos mosquitos, intento apartarlos de mí sacudiendo la cabeza, pero es inútil. Sigo remando, me escuecen las manos.

—¿Por qué vas tú sola?

—Vuelvo sola. He dejado a Eduardo en la otra orilla.

—¿Hacia dónde se dirige él?

—Va a reunirse con los demás.

—¿Quiénes son los demás?

—Son sus amigos.

—¿Qué van a hacer?

—No me ha dicho nada... Ahora escucho un grito espantoso. No puedo reconocer esa voz. Temo que sea la de Eduardo. Doy la vuelta a la barca, cambio el rumbo. Apenas me quedan fuerzas para seguir remando. Regreso a la otra orilla. Desde el centro del lago vuelvo a escuchar ese grito aterrador. Llamo a Eduardo. Nadie me responde. Hundo los remos en el agua y continúo el camino. La barca parece no moverse a pesar de mi esfuerzo. La otra orilla queda siempre igual de lejos. La veo ahora, borrosa y os-

125

cura, envuelta en una atmósfera de amenaza. Tengo miedo pero no puedo abandonar a Eduardo, tengo que saber qué le ha ocurrido. En cuanto llego, salto a tierra y le llamo. No hay nadie. No sé hacia dónde dirigirme. Hay mucha vegetación. No veo casi nada. La tierra está mojada y mis pies se hunden pesados en el barro. Me he perdido... Ahora veo de nuevo el agua, una superficie inmensa, negra y brillante. Oigo su rumor a cada golpe que doy con los remos. Voy muy despacio, muy despacio.

—¿Encontraste a Eduardo? —pregunté.

—No. Pero yo no quería regresar sin saber qué había ocurrido.

—¿Por qué te fuiste sin encontrarle?

—No sé. Creo que me perseguían.

—Has dejado la barca en la orilla. Estás buscando a Eduardo, ¿qué ocurre?

—Veo a un hombre subido sobre una tapia, muy cerca de mí. Creo que es Eduardo. Pero él salta sobre mí, me sujeta fuertemente por los brazos, grito aterrorizada. No es Eduardo, nunca había visto a ese hombre. Se ríe como un loco. Consigo soltarme y huyo. Viene detrás de mí, me persigue, me grita. Quiere saber dónde está Eduardo. Está furioso. Se detiene junto a unos espinos. Ya no lo escucho. Miro hacia atrás. Me parece que su ropa se ha enredado en los espinos. Trata de soltarse. Sigo corriendo. Mi único pensamiento es alcanzar la barca y escapar. Sé que sólo hay una. El no podrá seguirme a través del lago.

126

—¿Vuelves a encontrarle?

—Sí. Al llegar a la otra orilla hay tres hombres esperándome. En seguida sé que están con él. Los tres me esperan muy quietos. Saben que ya no puedo huir. Ahora veo un suelo de cemento y paredes desconchadas y sucias. Estoy sentada en el suelo. Cerca de mí hay un charco de agua. Todo está en penumbra. Hay un fuerte olor a humedad y a alcohol. Veo botas militares a mi alrededor. No veo los rostros de los que las calzan. No puedo mirar hacia arriba. Estoy tumbada en el suelo y mi cuerpo me pesa enormemente. Tampoco puedo moverme, no sé qué me ocurre. Oigo la voz de ese hombre y escucho de nuevo su risa de loco. Me pregunta con insistencia por Eduardo. Quiere saber dónde está. Escucho su voz muy lejana. Sé que me grita a mí, pero no me doy por aludida. No puedo hablar. Me rodean botas militares. Se mueven impacientes, con violencia. Siento un terror insoportable.

—¿Qué te dicen esos hombres? ¿Te preguntan algo más?

—No sé. Ya no veo nada... Ahora me parece escuchar el rumor de las olas del mar. Siento la arena mojada bajo mi cuerpo. Me han llevado allí, muy lejos de mi casa. Estoy perdida. No hay nadie a mi alrededor. Veo fragmentos metálicos con restos de pintura y algunas piezas de hierro oxidado que yo no conozco. Mi mano izquierda se agarra con fuerza a una barra de hierro con robín, siento en mis dedos un tacto áspero y frío. No sé qué está sucediendo.

Elsa quedó en silencio, con un gesto de angustia cristalizado en su rostro. Y observé que sus labios se movían como si articularan palabras inaudibles, como si su voz resonara en un lugar inaccesible para mí.

—¡Habla alto, por favor! ¡Más alto! —le insistí con ansiedad, intuyendo al mismo tiempo que no se trataba de subir el tono de voz. Deseaba seguir escuchando todas aquellas imágenes que no podía ver. Finalmente opté por confiar en su memoria. Ella siempre recordaba, al despertar, cuanto había visto en el trance hipnótico, o lo que quiera que fuese aquello. En cuanto me fue posible traté de hacerle volver a un estado de vigilia. Después, al preguntarle sobre esas imágenes que yo no había podido oír, me aseguró que no recordaba más que las otras, las que había ido contando en voz alta.

XIV

Elsa circulaba por la aldea a la deriva, ingrávida, entre fachadas irregulares, modeladas artesanalmente, subiendo y bajando estrechas calles que parecían de juguete. No miraba nunca hacia el exterior, ni a las viejas, supervivientes de una realidad desaparecida, que se cruzaban con ella, ni a las ovejas, ni a las cabras de mirada sonámbula, casi humana, ni a los niños, ni a los hombres, ni a los jóvenes, ni siquiera a las montañas. Todo cuanto la rodeaba se había cristalizado para ella en sombras fantasmales, dispuestas a recibir la luz del sol o de la luna; tampoco eso tenía importancia. Su tiempo se había hecho otro, indiferente al día o a la noche, sucedía sólo en la ficción de sus sueños y visiones. Pues era allí donde ella realmente habitaba. Ya no llamaba por teléfono a Agustín Valdés. No se atrevía. Temía sobre todo escuchar su voz despegada, lacónica o cortésmente amable. La escritura era otra cosa. Podía imaginar o inventar las impresiones y sentimientos que a él pudieran despertarle sus palabras. Le había enviado dos cartas en días consecutivos. Una de ellas decía:

«Si tú no fueras una sombra... si yo no te inventara... si te adivinara entre sueños y visiones surgidos de extrañas profundidades que hubiera en mí... Pero no puede ser. Tú eres sólo una sombra y ese es mi mal, pues las sombras no pueden morir.»

En la otra carta había escrito:

«Agustín, no puedo olvidarte ya ni de día ni de noche. Y no puedo comprender que a ti no te esté sucediendo lo mismo. Me niego a admitir que nuestro encuentro haya sido para nada, que todas esas señales, perceptibles sólo para mí, hayan sido simples coincidencias vacías. Me espanta la casualidad para nada, lo arbitrario, lo ciego, como esas palabras huecas que consiguen articular algunos pájaros.»

Y en su cuaderno había anotado en aquellos días:

«Siento simplemente que me muero. Mi corazón parece detenerse y quedar suspendido en un latido diferente que introduce el más profundo horror en mi cuerpo. La noche es inmensa. Estoy sola y todo es posible bajo esta oscuridad sin tiempo. Siento que mis manos están muy lejos de mí. Mi cuerpo entero se ha hecho de aire, un zumbido metálico sacude mi cabeza, separada ya de cuanto me rodea. Intento decirme: ¡No lo creas! ¡No pasa nada! Y cada vez que mi corazón suspende su latido me asfixio. Pido a un dios que me ayude y me siento sola bajo una infinita carpa negra. Quisiera vivir todavía un poco más. Siento que algo me oprime fuertemente el pecho y que la vida se me va. No sé qué me ocurre, pero tengo la impresión de estar ya en otra parte. Mi mayor deseo ahora mismo es no morirme todavía. Y creo que he muerto ya a todo menos a esta esperanza de amor. Si no es posible este amor, Agustín, no podré vivir.»

Elsa, atrapada en lo que en un principio quizá fuera sólo un juego, había perdido el control. Ahora se hallaba inmersa en un marasmo que la sobrepasaba, enredada en una red que ella misma había tejido pero que ya ni siquiera lograba comprender. Por primera vez me preocupé seriamente y advertí la gravedad de la situación. Ensayaba a solas diferentes discursos para hacerle reflexionar, pero durante los momentos en que me hallaba junto a ella no era capaz de decir, ni de pensar nada. La intensidad de su dolor, de su desesperanza, de su amor, todo a un tiempo, me abrumaba. La suya era una historia fracasada ya desde el principio. En ningún momento observé en ella el menor interés en que aquello, fuera lo que fuese, alcanzara alguna manera de éxito. Parecía que su único deseo era el de contemplar, el de ser espectadora de una historia de amor supuestamente suya. Algo así como tirarse al agua sin mojarse. Y mi papel en aquella función era tan forzosamente sensato que llegué a sentirme incómoda. No obstante, en una ocasión decidí intervenir e instarle para que fuese a Barcelona a visitar a Agustín Valdés. Me pareció necesario que tocara la realidad de un personaje que para ella sólo existía plenamente en un espacio imaginario.

—No sé si iré —me respondió—. La sola idea de encontrar a otro en su lugar me destruye. Temo, sobre todo, esos gestos cotidianos, anodinos quizá, pero que nos resultan familiares y en los que reconocemos al otro sin darnos cuenta. Son una manera de ponerse un abrigo, de abrocharse un botón, de beber un café, de andar por la calle, de mirar cualquier cosa que llame la atención. Se me ocurre que en todos esos gestos, que normalmente ni se notan, se me va a presentar como un extraño. Y, lo peor de todo, su manera de dirigirse a mí. ¿Cómo crees que me va a tratar? Como si acabara de conocerme. Lo estoy viendo.

—A pesar de todo tienes que ir a verle —insistí—. El es también todo eso. Tienes que arriesgarte.

—Lo que a mí me intriga —dijo— es el significado de esa historia en la que él aparece, esos sueños que se repiten, todo eso que veo cuando estoy hipnotizada. ¿De dónde viene todo eso? ¿De dónde viene mi amor?

—Yo creo que lo que tienes que preguntarte es otra cosa —le dije, identificada con mi papel de persona sensata—. ¿Por qué él no te escribe, ni te llama? ¿Por qué está tan ajeno a esa historia? ¿Por qué no hay ningún eco en él de todo lo que te ocurre a ti, solamente a ti?

—Yo no sé qué le está sucediendo a él. Y no creo que tú lo sepas tampoco. Pero no me parece que sea ajeno a esta historia. Y estoy segura de que no es indiferencia lo que siente.

—Pues, si es así, ¿por qué no vas a verle?

—No sé, pero es muy posible que vaya. Lo pensaré.

Durante una semana apenas si pude hablar con Elsa. Ella no tenía tiempo para nada. Permitía las constantes visitas de Matilde porque ésta sabía adecuarse a cualquier papel o situación. Podía limitarse a mirarla en silencio desde la puerta de la calle durante un tiempo indefinido, o a sentarse a su lado, calentándose frente a la lumbre de la chimenea sin aventurar sus palabras más allá de un convencional saludo. Claro que si Elsa le daba pie, ella se perdía narrando historias pasadas. Sólo de vez en cuando, en contadas ocasiones, dejaba traslucir sus opiniones, las que guardaba siempre con desconfianza. Alguna tarde aparecí yo con la esperanza de hallar sola a mi amiga, pero no fue posible. Una vez encontré a Matilde adormecida y balanceándose en una mecedora frente al fuego. Ni siquiera respondió a mi saludo. Supuse que no me había escuchado, pues yo bajé la voz cuanto pude para que ella no advirtiera mi presencia y no me siguiera hasta la habitación de Elsa, como había hecho ya en ocasiones anteriores. Al fin pude estar a solas con mi amiga. Supe que ya había anunciado su visita a Agustín Valdés. Apenas disponía de una semana para prepararse. Pasaba las horas frente a un espejo alto y rectangular que ella misma había trasladado a su dormitorio. Se probaba una y otra vez toda la ropa de que disponía. Ensayaba diferentes combinaciones de vestidos, peinados y maquillajes. Y no es que pretendiera impresionar con su belleza a Agustín Valdés. Lo que buscaba en su rostro, en toda su figura, era aquel aliento sobrenatural que había quedado grabado en la única fotografía suya que le había enviado. Quería que él la reconociera, ser otra vez aquella imagen, recuperar aquel momento ya cristalizado, lejano, inalcanzable. Se desesperaba ante las profundas ojeras que en la actualidad marcaban su rostro, ante su piel deslucida, extremadamente pálida. Apenas comía y no

134

sólo por falta de apetito, sino por desidia unas veces y otras por no encontrar el momento apropiado para subir hasta la tienda, comprar alimentos y cocinarlos. Una brumosa somnolencia, producto de su constante debilidad, nublaba su mente. Y ella la combatía bebiendo café a cada instante. Cuando me descubrió, observándola en silencio, sin atreverme a entrar en su habitación, ni siquiera me saludó. En seguida se quejó de su aspecto enfermizo y de la inutilidad de los maquillajes, pues la palidez de su rostro terminaba siempre emergiendo por debajo de cualquier crema coloreada.

—No sé por qué me he metido en esto —protestó—. ¡Qué ocurrencia! ¡Ir a visitarle! Ese encuentro puede ser una catástrofe.

—A mí me parece que es lo más normal que podías hacer.

—¡Dale con lo normal!

—¿Y si te corresponde? —traté de animarla tontamente—. Podrías quedarte a vivir en Barcelona, verle con frecuencia... no sé, incluso podrías vivir con él. ¿No te gustaría?

—Así por las buenas... vivir, vivir... ¡Qué prosaica eres!

Evidentemente, ir a visitar a Agustín Valdés no suponía para ella un paso importante en su historia de amor, sino más bien un grande e innecesario trastorno. Temía no reconocerle, llegar incluso a sentir extrañeza frente a él.

—¿Sabes? —me dijo de pronto—. Ni siquiera recuerdo cómo iba vestido. Aunque, claro, ¿qué importancia tiene eso?

—Ninguna, por supuesto —la secundé, por temor a que se desanimara y anulase su viaje.

Creo que las dos intuíamos que aquella entrevista podía ser el final de su singular historia de amor. A pesar de ello, yo le mentía sin ningún remordimiento:

—Seguro que él desea verte —le dije—, y conocerte un poco más. Estará intrigadísimo.

—¿Sí? ¿De verdad lo crees así? —me respondió ella sin ocultar su desconfianza.

Por aquellos días había advertido con claridad la amargura y desolación que envolvían su amor. Sentía miedo por ella. La veía abocada a un final desesperado. Si existía alguna posibilidad de cambiar el triste rumbo que ya había tomado su relación, era precisamente enfrentándose con Agustín Valdés, aún a riesgo de estrellarse contra una realidad que, estaba segura, nunca iba a coincidir con sus ensueños.

La noche anterior a su partida vino a mi casa a despedirse. Me pareció que se movía, pensaba, charlaba, bajo el influjo de un miedo subterráneo. Hablaba nerviosa, en forma incoherente. La visita fue corta. A la mañana siguiente tenía que madrugar. El único autobús salía muy temprano del pueblo. Pasó la noche sin dormir. Ni siquiera se acostó, según me dijo después, cuando, antes de amanecer, vino a verme derrotada. Yo aún dormía cuando escuché sus golpes en mi puerta.

—No voy —me dijo lacónicamente, sin ánimo para saludarme siquiera o para excusarse por despertarme a una hora tan temprana—. No puedo, no puedo. De la misma manera que tampoco puedo volar. Es esa misma clase de impotencia. No depende de mí.

Y al decir estas palabras, se desplomó en un sillón y ya no dijo nada más. Traté de quitar importancia a lo que le estaba sucediendo. Le aseguré que la comprendía. Evidentemente era un encuentro difícil. Quizá sería más oportuno que le visitara en otro momento, le dije, cuando se encontrara más sosegada. De pronto rompió a llorar silenciosamente, como si no le quedaran fuerzas para sollozos más perceptibles. Su llanto era inmóvil; ni una queja, ni un suspiro dejaba escapar de sus labios. Sólo las lágrimas se movían, resbalando abundantes por sus mejillas.

XV

De alguna manera, a Elsa le gustaba vivir aquel sentimiento de amor pasivamente, sin defensa, dejándose sorprender por las huellas de un destino que parecía dedicado a ella. Eran signos cargados de significado que la asaltaban inesperadamente y que ella iba guardando y constituyendo con ellos las pruebas irrefutables de una historia misteriosa que ya no surgía sólo de su interior, por muy insondable y desconocido que se le presentara. En torno a ella se habían ido congregando señales que la conmovían peligrosamente.

Cuando, pocos días después de renunciar a su viaje, llamó de nuevo a Agustín Valdés, recuperó en un instante toda su vehemencia. El la había estado esperando con verdadero interés, con impaciencia, incluso, según me dijo, le manifestó contrariedad por no haber podido verla. Mantuvieron una larga e intensa conversación en la que él le aconsejó con insistencia que leyera un libro de Goethe: *Las afinidades electivas*. No tardó ella en trasladarse a Granada a buscarlo y allí, en la misma librería en que lo encontró, recibió una sorpresa, otro eslabón más para la cadena de guiños que la iban adentrando por el frágil camino de su amor. Era una postal que reproducía un retrato de Goethe contemplando la silueta, recortada en un papel, de una mujer. Estaba fechado en 1778. Ella había conocido a Agustín Valdés en 1978. Pero, sobre todo, ¿no podía ser ese su propio retrato? ¿Acaso no estaba ella dedicada a lo mismo, contemplando el rostro ensombrecido de un ausente? Enmarcó con esmero la postal y la colocó sobre una mesita que había junto a su cama, apoyándola en la pared, igual que si fuera la estampa de un santo.

Aún no sé cuándo, exactamente, empezó a rondarme la idea de llamar yo también a Agustín Valdés. Claro que lo haría en nombre de mi amiga, con la única intención de ayudarle. Pero no puedo negar que, al mismo tiempo, me impulsaba una fuerte curiosidad por escuchar el timbre de su voz, por comprobar si realmente existía y por saber qué podría decirme él a mí. Trataba de imaginarle a través de las descripciones que Elsa me había ido pintando en sus palabras. Y para que aquella llamada, que al fin logré hacer furtivamente, casi robando el número de teléfono de la agenda de mi amiga, no se me apareciera como una traición, me di una sólida excusa: tenía que saber algo claro sobre su actitud con Elsa. Y no era sólo una justificación, era, además, el motivo que me incitó a asomarme yo también por aquel agujero que el teléfono nos abría para permitirnos contemplar un poco de la realidad de Agustín Valdés. Y necesitaba saber cuál era su actitud para poder ayudar a Elsa, pues era innegable que sus sentimientos derivaban ya hacia formas morbosas y enfermizas. Yo empezaba a estar realmente asustada.

Cuando Agustín descolgó el teléfono y yo me presenté como amiga de Elsa, se limitó a decir:

—¿Ah sí?

Desde luego su voz era cálida y el tono que empleó conmigo durante toda la conversación, y no sólo en los dos monosílabos del comienzo, era realmente cordial e inalterable, incluso ante las noticias que yo le proporcionaba respecto al estado en que se hallaba Elsa, o ante la irritación que no pude ocultar debido a sus respuestas.

—La verdad es que nunca me ha parecido que Elsa estuviera sufriendo —me dijo en un momento de nuestro diálogo—. No puedo entenderlo. Y, además, no me siento destinatario de sus cartas.

—Pero tú la has alentado a que te escriba y a que te llame —le respondí.

—¿Sí?

—Pues sí, claro. En tu carta le decías «Llámame alguna vez "aunque no te llame" (y no me re-

141

proches eso. Prometo, en cambio, escribirte, pues es al escribir cuando se me une el corazón con la atmósfera...)». —Seguramente le extrañó que yo le repitiera aquella frase suya de memoria.

—¿Eso le escribí?

—¡Pero ¿no te acuerdas?! —protesté.

—Sí, ahora creo que sí lo recuerdo. Y si se lo dije, es que lo sentía en aquel momento.

—¿Entonces?

—¿Por qué no le escribo? Mira, me ha cogido en un momento muy conflictivo. Yo también estoy muy enredado en una historia de amor. Estoy viviendo un *amour fou* con una mujer casada. Es muy difícil. Estoy tan absorbido...

—Pero ¿por qué no se lo dices? ¿Cómo puedes permitir que siga con su amor, o lo que sea, sin saber lo que te pasa a ti?

—No sé... No se me había ocurrido. Además, ese amor suyo, o lo que sea, como tú dices, me parece tan productivo...

—Bueno, relativamente. Porque le está haciendo mucho daño.

—No lo imaginaba. Háblale tú si quieres. No sé qué hacer. Me dejas desconcertado.

No recuerdo si le dije que sí, que yo le hablaría o si sólo lo pensé y me despedí de él con pocas palabras. Dijera lo que dijese, lo hice bruscamente, y en seguida colgué el teléfono irritada. «¡Conque *amour fou*, ¿eh?», dije entre dientes, en voz baja, mientras salía de la cabina telefónica. «¡El muy cre-

142

tino!», «¡valiente estupidez!», y a estos insultos siguieron otros muchos, en voz alta, mientras me dirigía hacia mi casa. Y es que, en realidad, aquella conversación me decepcionó profundamente. Sentí, quizá sin una justificación válida, que aquella historia que yo había estado persiguiendo de la mano de Elsa, perdía de pronto su soporte, su posible conexión con la realidad. Quedaba flotando en el aire, sola, abandonada, irreal. Además, no comprendía que Agustín Valdés no estuviera ya fascinado, que las cartas, la voz, el amor de Elsa, no hubieran sido para él como un canto de sirena a cuyo hechizo ya tenía que haber sucumbido. Por el contrario, a Elsa ni siquiera le había prestado atención. Se había tapado los oídos con cera, igual que Ulises. Y, en cambio, se había dejado enredar en una aventura cualquiera, de esto yo no tenía duda, a la que encima nombraba como *amour fou*. Al recordar su voz melosa me pareció perteneciente a una persona blanda, indolente, a alguien que jamás gozaría del impulso e imaginación necesarios para corresponder a un amor como el de Elsa. Aunque ¿quién iba a corresponderle a ella? Comprendí que estaba realmente sola y que amaba con verdadera pasión a alguien que no existía. Decidí ocultarle mi conversación con Agustín Valdés y negarme, en adelante, a secundarla en la construcción de su quimera. Cuando, dos días después de su bajada a Granada, vino a visitarme soliviantada por la lectura de *Las afinidades electivas* de Goethe, y en rebeldía contra su

143

propia pasividad en aquella historia, pensé que tenía la obligación de mostrarle al Agustín Valdés que había conocido en mi breve conversación. Era urgente detenerla, ya que me anunciaba exaltada su determinación de ir, al fin, a visitarle. Parecía haber vencido de forma milagrosa su reciente impotencia para encontrarlo en un territorio real. El hallazgo de esa novela, provocado precisamente por él, había sido la coincidencia más sorprendente de su andanza amorosa y, al mismo tiempo, la más inexplicable. Empezó comunicándome que el protagonista llevaba el mismo nombre que recibía Agustín en su trance hipnótico: Eduardo.

—No querrás buscar un significado a esa casualidad, ¿no? —le dije con indiferencia—. Reconocerás que Eduardo es un nombre bastante común.

Ella no se detuvo a responderme. Tenía mucha prisa por exponerme todas las coincidencias que había encontrado en la novela. Hablaba con ansiedad y renunciando, ya desde el comienzo, a mi comprensión, pues mis respuestas, casi despectivas, no lograban hacerle mella. Le sorprendió la relevancia que tenían en el libro esas coincidencias que normalmente parecen tonterías, insignificancias, igual que en la historia que le estaba sucediendo a ella. Me contó que, en una ocasión, Eduardo, en el comienzo de su amor por Otilia, lanza una copa al aire en una fiesta, después de haber bebido en ella. Era una costumbre romperla así como signo de una gran alegría. Pero aquella vez la copa no sólo no

144

se rompió sino que, además, llevaba grabadas las letras E y O.

—¿No te parece significativo que juegue con las coincidencias de esa manera?

—Pues no. No me dice nada —le respondí—. Además, tendría que leer la novela para captar el significado de ésa anécdota.

—He encontrado también —continuó— coincidencias entre Otilia y yo, al menos tal como me muestro en esta historia. Por ejemplo, ella solía guardar flores secas a menudo.

—¡Por favor! —protesté, interrumpiéndola deliberadamente—. ¿Quién no ha guardado flores secas alguna vez en su vida?

—Y también le dolía terriblemente el lado izquierdo de la cabeza, igual que a mí.

—No pensarás que es ése un padecimiento muy singular, ¿no?

—¿Y ese estado horroroso en el que yo me quedo de vez en cuando y que consiste en una absoluta imposibilidad de moverme y de articular sonido alguno? A Otilia le ocurrió en dos ocasiones.

—Bueno, esa es una coincidencia curiosa, pero nada más.

—Hay otras muchas que no te voy a contar. Pero sí vas a escuchar la más importante de todas: el final de la novela. Hay un lago y en él ocurre algo trágico. A partir de entonces Otilia cae en un estado que la conduce a la muerte. Y Eduardo, negándose a reconocer que ya no vive, ordena que la sigan sirviendo, llevando alimentos y vestidos a su habitación, como si no hubiera muerto. Impide por todos los medios que la entierren. Enloquece. ¿Tampoco te impresiona una semejanza tan grande con la historia que se repite en mis sueños y en las sesiones de hipnosis? ¿Por qué se parecen tanto estas dos historias? ¿Por qué ha tenido que ser Agustín Valdés el que me haya aconsejado la lectura de esa novela, si yo nunca le he hablado de nuestra secreta historia de amor?

—Tranquilízate —le dije, marcando cuanto pude un tono de escepticismo en mis palabras—. Sé razonable, Elsa. Todas las historias de amor que se cuentan en las novelas y en las películas son más o menos parecidas, sobre todo las desgraciadas, que son las más interesantes. Siempre hay en ellas muerte o locura. Es casi una ley. Tu imaginación en los sueños que has tenido, incluso en la hipnosis, ha estado influida por multitud de lecturas que tú ahora ni siquiera recuerdas. Esta es una posible explicación. Y no tiene mayor importancia.

—¡No seas simple, María! —dijo desanimada ante mi actitud—. La próxima vez que me hipnotices quiero que me preguntes sobre estas coincidencias con *Las afinidades electivas* de las que te he hablado.

—No habrá próxima vez —afirmé enérgica.

—¿No? ¿Por qué?

—No quiero seguir apoyándote en esa fantasmagoría. Es interesante si lo tomas como un simple

146

juego. Pero, por lo que estoy viendo, para ti no es un juego. Te está destruyendo. Ya no puedo colaborar más en algo así. Lo que tú necesitas es encontrar a un hombre real y tener una historia real.

—¡No digas sandeces! —me gritó repentinamente, fuera de sí—. ¡Yo no quiero un hombre! ¡No quiero un hombre! ¡Sólo quiero sentir amor como lo estoy sintiendo, venga de donde venga!

Al terminar de pronunciar estas palabras se marchó sin decir más, sin detenerse siquiera a cerrar la puerta de la calle. Yo no dudé de la veracidad de sus palabras. Pero también me resultaba evidente que se hallaba sometida a una fuerte contradicción y que ya no le era posible mantener un equilibrio mínimo, imprescindible. No quería un hombre. Seguramente no mentía al afirmar algo así, pero, al mismo tiempo, su propósito de tener un encuentro con Agustín Valdés me pareció muy firme. Ella, finalmente, era consciente de la necesidad que tenía de pisar un territorio sólido. Y, sin embargo, no se atrevió a mencionarle su decisión de verle en la carta que le escribió en aquellos días:

«Querido Agustín. Pasan los días, voy de un lugar a otro y tú no cambias dentro de mí. Ni un solo instante puedo olvidarte. De nada sirven mis esfuerzos por concentrarme en otras cosas. Mi cabeza parece poseída por una densa y dulce niebla en la que sólo tú habitas. Un mecanismo diabólico se ha desatado en ella y no puedo dejar de ensoñarte en mil situaciones distintas, en las que finalmente siempre descubro que tú no estás conmigo, que ni siquiera me es posible verte. Cuando recuerdo tu voz y me parece que casi la oigo, todo mi cuerpo se estremece. Al despertarme cada mañana es a ti a quien siento más que a mí misma, que sólo soy ya un fantasma, santuario de tu imagen. No importan las distancias, ni la ausencia, ni el tiempo, ni esta oscuridad que ahora me cubre. Tú siempre estás dentro de mí. A veces pienso que podría ir a Barcelona, vivir allí y verte cuando tú quisieras. Pero hay algo que me lo impide. Quizá sea el temor a sufrir tu indiferencia más de cerca. O no sé, pero es algo tan poderoso como eso otro que me lleva hacia ti.

»Esta ensoñación es ya permanente. Nada puedo hacer ni vivir. Ya no necesito ni siquiera moverme, ni apenas puedo. Cierro los ojos y vivo contigo en cualquier parte, en todo tiempo. Pero por ti enfermo. Me siento caída en un pozo muy hondo. La anemia, la debilidad, me dejan a veces casi sin vida, pero ni aún entonces dejas tú de estar en mí. No puedo sentir ya nada que no seas tú. Intento recuperarme físicamente, pero no puedo. Hace ya tiempo que vivo en un permanente desasosiego, que no consigo dormir, ni descansar, ni puedo apenas comer. Por ti me muero y no soy capaz de hacer nada por verte. Temo que tú nunca me puedas amar.

»Si supieras cómo es mi desesperación, quizá serías más generoso conmigo. Pero ¿por qué habrías de ser de otro modo que como eres, si casi no me conoces, si ni siquiera me recuerdas, si a ti, al verme, no te sucedió lo mismo que a mí?

»Querido Agustín. No puedo dejar de escribirte, pues sólo al hacerlo siento que, de alguna manera, puedo descansar. Te abrazo. Elsa.»

XVI

Era ya medianoche cuando Elsa empujó mi puerta con fuerza, abriéndola de golpe y adentrándose en mi casa, como si surgiera de la espesa oscuridad que quedaba tras ella, en el exterior. Al verla, me incorporé de un salto, mecánicamente. La expresión de su rostro me resultó desconocida. No llegaba a ser miedo, ni tristeza, ni preocupación. Era una expresión rota, muda, sin nombre, constituida por facciones descompuestas. Se detuvo unos instantes y se arrojó a mis brazos, llorando, gritando, gesticulando con violencia. Traté de calmarla sin atreverme a hacerle ninguna pregunta. Al fin, entre sollozo y sollozo, habló. Había llamado a Agustín Valdés para comunicarle su visita, confiada en que se alegraría con la noticia. Pero esta vez no fue así. El se negaba abiertamente a verla, así se lo dijo, sin paliar su crueldad con ninguna excusa. Añadió que, en realidad, no la conocía de nada y que no quería seguir alentando involuntariamente aquel disparate que ella llamaba amor. Tampoco deseaba que continuara escribiéndole. La prohibición fue implacable. Si recibía alguna carta de ella, se la devolvería sin abrirla siquiera. La conversación fue muy breve. El se negó a escuchar sus quejas y protestas. Y, si volvía a llamarle alguna vez, estaba decidido a colgarle el teléfono. Le había cerrado todas las puertas. Le había retirado el único territorio firme en el que se asentaba. Esa peculiar forma de existencia que era para ella la escritura, acababa de ser destruida. Al escribirle, existía para él. Y también era en la escritura donde únicamente se iba realizando su amor. ¿Qué le quedaba ahora si se negaba a leer sus cartas? Me sentí culpable al pensar que la repentina crueldad de Agustín Valdés había sido la consecuencia de mi intervención. No sabía qué podía ser peor para Elsa, si la desolación de aquel amor solitario o el vacío abrumador al que ahora la arrojaba Agustín.

Al día siguiente, impulsada quizá por la necesidad de negar el doloroso final que se le había impuesto, envió un nuevo mensaje a Agustín Valdés. Era la reproducción de una litografía de Goya. Un hombre se inclinaba sobre una mujer que cubría su rostro con un antifaz. Parecía tratar de adivinarla. Al pie figuraban las siguientes palabras: «Nadie se conoce.» Colgaba de una de las paredes de su casa. La sacó del marco y, guardándola en un sobre, la echó al buzón del correo. Después anduvo a la deriva durante varias horas, por los caminos de la montaña, por las calles del pueblo, por las escaleras y habitaciones de su casa... Finalmente marchó en busca del cartero. Le pidió que le devolviera su carta. No sé con qué excusa le convenció, pero logró recuperarla. Guardó la reproducción de la litografía entre los demás objetos, pertenecientes ya a su historia de amor.

Durante varios días no supe nada de ella. Esperé que me visitara, pero no lo hizo. Yo ya no solía ir a su casa, pues siempre encontraba en ella a Matilde, irguiéndose deliberadamente como una muralla entre las dos, impidiendo cualquier diálogo entre nosotras. Sin duda me hacía responsable del estado en que había caído Elsa. Me llegó a decir que, desde el comienzo, le habían parecido muy peligrosos mis experimentos de hipnosis. Y, en la actualidad, según creía, yo representaba un obstáculo para cualquier clase de ayuda que Elsa pudiera recibir, si es que aún estaba a tiempo de cambiar su suerte. Ella lo dudaba, incluso parecía convencida de su inevitable perdición. De todas formas, había decidido cuidarla mientras lo necesitara.

Al fin fui a visitarla una noche. Matilde me abrió la puerta.

—Elsa está dormida —me anunció secamente, imitando el mismo tono de voz con que yo le había dirigido esa misma frase hacía ya algún tiempo.

En seguida me invitó a sentarme con ella al calor de la chimenea. Quién sabe si lo hizo con el secreto deseo de que rehusara y la dejara sola. Yo acepté, esperando que me diera alguna información sobre lo que sucedía, pues me parecía demasiado temprano para que Elsa se hubiera ido a dormir.

—Ahora duerme mucho —aclaró sin que le preguntara nada.

Las dos guardamos silencio. Esperaba que a ella se le ocurriera contarme algo más, ya que se había convertido en su cancerbero. Pero Matilde se balanceaba pausadamente en una mecedora, fingiendo ignorarme. No sé cuánto tiempo permanecí a su lado, soportando su incómodo silencio y esperando que, de un momento a otro, apareciera Elsa en el salón. Me pareció que la casa había adquirido una atmósfera inquietante. No sabía muy bien a qué atribuirlo. Había lámparas encendidas por todas partes. Podría incluso parecer excesivamente iluminada. Y, sin embargo, yo percibía una última oscuridad que se resistía a disiparse. Era una oscuridad morbosa y viva, terca y casi sonora en medio de aquel agobiante silencio. Matilde se levantó para dirigirse a la cocina. Estaba preparando la cena para Elsa, pues, según decía, la encontraba tan desvalida que si nadie la cuidaba se moriría. Propuse llamar al médico.

—¡Ese no sabe nada! —respondió—. Además, nunca hace visitas más abajo de la iglesia. Está demasiado gordo para subir las cuestas. Lo que le pasa a Elsa es que no tiene ganas de vivir. Se las han quitado los pájaros que tiene en la cabeza.

Yo no le respondí. De alguna manera, lo que decía era cierto. Pues ¿qué otra enfermedad podía tener? La figura de Matilde se deslizaba por aquella atmósfera sin dificultad, armonizando con ella y observándome vigilante desde ella, con sus poderosos ojos. Deseaba que me marchara. Yo lo intuía, aunque ella no lo dejaba traslucir ni en sus palabras, ni en su actitud hacia mí.

—¿Cómo duerme tanto Elsa? —le pregunté, realmente preocupada.

Me respondió que las noches eran muy largas para ella. A veces la oía gritar desde el sueño. Durmiera o no, las horas nocturnas ya no le servían para el descanso. Por el contrario, durante el día se encontraba más tranquila y dormía mejor. Añadió que ella había decidido pasar las noches allí, en aquella casa, al menos hasta que Elsa se recuperara.

Al día siguiente acudí a casa de mi amiga más temprano, todavía por la tarde, en cuanto salí de la escuela. Tenía la esperanza de que Matilde no permaneciera allí, encerrada con ella, a cualquier hora del día o de la noche. La puerta del patio estaba abierta y la del salón también. Entré sin llamar y sorprendí a Matilde en la cocina, preparando una infusión con hierbas que ella misma había cogido del monte y mezclado después, según una antigua receta, con fuertes propiedades sedantes.

—Necesita descansar y no pensar en nada —me dijo al verme entrar.

—Pero si ahora no estuviera dormida, me gusta-

155

ría verla. —Me irritó sorprenderme a mí misma en la actitud de pedir permiso a aquella vieja mujer para ver a mi amiga.

—Es mejor que no la vea. Yo no podré hacer nada si usted la ve.

—¿Qué quiere decir?

—Que no podré hacer nada si usted la ve —repitió, evidenciando que no estaba dispuesta a dar más explicaciones.

Comprendí que ahora me consideraba un obstáculo para que su poder de curación ejerciera algún beneficio sobre Elsa. Tuve deseos de correr hacia su dormitorio y de empujar violentamente a Matilde, que se movía de un lado a otro guardando la puerta que conducía a su habitación. Pero no me atreví a hacer nada. En definitiva era cierto que Elsa necesitaba descansar y olvidar. Me retiré resignada a no verla durante algún tiempo y, con la misma resignación, regresé al día siguiente. Era de noche. Empujé la puerta y me extrañó no encontrar en seguida a la vieja guardiana. Aunque ya desde la entrada escuché un rumor de voces y un suave tintineo de cristales. Me acerqué sigilosamente al dormitorio de Elsa. Temía que Matilde se me apareciera desde cualquier puerta o rincón para impedirme el paso. Al fin llegué hasta ellas y me detuve, enmarcándome en el vano de la puerta, visible e indiscreta. Ni siquiera saludé. Matilde, entretenida en inventar no sé cuántas alabanzas sobre el agua ferruginosa que había mandado traer de la Fuente Agria,

156

no advirtió mi presencia. Elsa le devolvía la copa de champán, llena todavía de un agua roja, mineral, repugnante, con un exagerado gesto de asco en su rostro. Matilde devolvió el contenido de la copa a la misma botella de la que había salido. Después me descubrió observándola y, sin decirme nada, comenzó a ordenar la ropa de Elsa. Su figura parecía agrandarse, sobrepasar sus propios límites, al moverse por la habitación, como si ocupara todo aquel espacio con su rítmico ir y venir. Elsa me recibió con un gesto de alivio y alegría. Mostraba buen humor y agradecimiento hacia su enfermera pero, al mismo tiempo, parecía estar ya cansada de su permanente presencia.

—¿Cómo te encuentras? —le pregunté.

—Estoy bien —me respondió—. Me voy a levantar ahora mismo. Llevo ya varios días adormilada y, además, no quiero dar más trabajo a Matilde.

Su voz sonaba artificialmente alegre. Matilde se había sentado a los pies de la cama y me miraba inmutable y sombría. Elsa se incorporó con cierto esfuerzo. Ya estaba vestida. Me propuso dar un paseo. Pensé que deseaba liberarse por algún tiempo de la vigilancia a la que había estado sometida.

Bañado por la luz de la luna, el rostro de mi amiga parecía el de una figura de cera. Percibí en él algo no humano, algo irreal. Caminaba a mi lado sin preocuparle el rumbo que siguiéramos. Gracias a mis preguntas, supe que pasaba las horas tumbada en la cama, perdida en un tiempo vacío, sin imá-

157

genes, sin pensamientos, sin palabras, inmersa en una realidad adormecida, siempre la misma. No era tedio, me dijo, sino otra cosa. Era la contemplación impotente de un sentimiento, único e intenso, que ya no podía mantenerse así, sin estímulos del exterior, que se descomponía, se desfiguraba, pero que no lograba desaparecer. Me dijo también que había decidido marcharse. Aún no sabía adónde iría. Pero quería salir de aquella casa que le parecía estar sembrada de pozos. Pozos en todas direcciones, en vertical, en horizontal, hacia abajo o hacia arriba, en cualquier rincón o escalera. Sentía vértigo al pasar junto a cada puerta. No sabía bien qué temía: ¿manos sin cuerpo?, ¿gatos?, ¿aparecidos?, ¿intrusos reales? No lo sabía, pero la casa la tenía acorralada, paralizada. La presencia de Matilde, por muy incómoda que pudiera parecer, le había permitido algún sosiego y, gracias a sus cuidados, por primera vez en mucho tiempo, había podido descansar.

Mientras hablaba, lentamente, casi sin aliento, observé que había sufrido una transformación. Ahora tenía un aire de muñeca, de figura irreal. Al andar, sus brazos permanecían inmóviles, rígidos, pegados a su cuerpo. Había adquirido el aspecto de una anciana, cuyos movimientos tenían que luchar contra unas articulaciones casi cristalizadas. Anduvimos durante más de una hora. Yo estaba cansada de subir y bajar por las calles de la aldea. Propuse entrar en mi casa. Ella aceptó, pues le era indiferente estar de pie o sentada, en la calle o en un interior. No le importaba el frío, ni el sueño, ni el cansancio, ni la hora... nada. Su desgana de vivir me enervaba y me obligaba a buscar con impaciencia alguna palabra que pudiera alentarla.

—¿Adónde piensas ir? —fue lo único que se me ocurrió decirle.

—No sé —me respondió—. Me gustaría marcharme de todas partes. Para siempre.

Evidentemente, sus palabras me parecieron una alusión al suicidio. Traté de responderle de una manera afirmativa, pero la palabra «vida» se me caía del pensamiento en cuanto la evocaba.

—El suicidio es una cobardía.

No sé cómo le pude decir semejante torpeza. Ella me miró desconcertada y yo me sentí ridícula. En realidad no la había ofendido, a lo sumo pude haberla decepcionado.

Opté por callarme. Sólo se me ocurrían frases tópicas y dictadas por el sentido común, o algunos desatinos, que en nada podían ayudarla y que eran los que más se aproximaban a mis pensamientos. Elsa, sentada a mi lado, frente a la chimenea, como tantas otras veces, se dejó hundir en una inmovilidad inquietante, como si todo, a su alrededor, se hubiera detenido solidariamente con ella. Su mirada se había vaciado de cualquier destello de vida y su rostro, envejecido de repente, me pareció el de una extraña.

XVII

Antes de amanecer fui a recoger a Elsa. Le había prometido acompañarla al autobús y ayudarla a transportar el equipaje por las difíciles cuestas que tenía que subir desde su casa. Llegamos arriba con mucha antelación. Desayunamos juntas en el bar, lentamente, mientras la mañana iba apareciendo tras los cristales de la ventana con una luz cenicienta y fría. Al mediodía llegaría a Granada y, por la noche, cogería un tren que la conduciría hasta Madrid, donde había vivido sus últimos años. Ahora, según decía, no tenía más alternativa que la de regresar allí y trabajar, en la enseñanza si era posible, pues otra cosa no sabía hacer. Sus padres habían muerto hacía ya tiempo. Una tía, hermana de su madre, le enviaba algún dinero de vez en cuando, pero era una cantidad insuficiente para sobrevivir en la ciudad. No solía hablar de estas cuestiones y, si lo hacía, era marginalmente, de paso, como un inciso apresurado que debía terminar en seguida para continuar la otra conversación, la central, la que importaba. Durante la espera se imaginaba, en voz alta, en un continuo ir y venir por la ciudad, buscando antiguos amigos, retomando viejos proyectos ya frustrados, marchándose siempre de todas partes, abandonando cuanto encontrara. Negaba cualquier posibilidad de sorpresa o de renovación en su vida. Y sus años pasados se le aparecían ahora, desde aquí arriba, fragmentados, rotos, desperdigados por un campo de ruinas en el que sólo sobrevivía Agustín Valdés, intocable por ese tiempo que transcurre entre lo que existe y que conduce inevitablemente a la destrucción. Su amor había resistido a la descomposición que le amenazaba. Recordaba a Agustín intensamente, como si de verdad hubiera sido un amigo tierno y cercano.

—¡No me voy! —dijo de pronto, con alivio—. No puedo, estoy muy cansada. Me quedo aquí. No sé hasta cuándo.

Su repentina decisión me dejó desconcertada. La noche anterior, cuando me confirmó su marcha, sentí un silencio nuevo, más intenso, realmente perturbador. Pensé en mí, en mi vida, en el vacío que ella me dejaría con su ausencia. Había vivido tan inmersa en aquella historia de amor, ajena a mí, que en ningún momento pude advertir hasta qué punto había absorbido mi atención. Y, sin embargo, le dije:

162

—Debes marcharte. Tienes que volver a tu vida normal, hacer algo.

—Mi vida puede estar en cualquier parte. Y, además, no tengo nada que hacer —me respondió.

Pensé que, al margen de los motivos que ella tuviera para rechazar la ciudad, era difícil marcharse de estas montañas. Pues aquí, para nosotras, la vida parecía hacer un alto y detenerse, con el fin de permitirnos descansar, escapar, jugar. Nada nos parecía necesario aquí arriba.

Elsa se quedó, pero yo sentí su ausencia como si hubiera abandonado este pueblo. Nos esquivaba tanto a Matilde como a mí. Se obstinaba en permanecer sola en su casa o entregada a paseos interminables por las montañas. Alguna vez, al mirarla, percibí una clara transparencia, como si ya no hubiera nadie dentro de ella. No volvió a mencionar el nombre de Agustín Valdés. En ningún momento aludió a su amor ni a aquella historia singular que ahora quedaba a medio desenterrar.

Varias noches seguidas fui a visitarla, a pesar de su actitud huraña y distante, pero no logré encontrarla. La puerta de su casa estaba siempre abierta y las luces apagadas. Sabía que regresaba muy tarde de sus paseos. Ella misma me había dicho que solía subir andando hasta lugares muy alejados, cercanos al Veleta, por donde las montañas permanecían nevadas durante casi todo el año. Decía que allí arriba el silencio de la nieve era más intenso que cualquier pensamiento o sentimiento. Y sumergirse en aquella inmovilidad era como salirse de los límites del cuerpo, ser quietud, blancura, silencio. Me aseguró que en aquella intemporal blancura había encontrado, al fin, algo parecido a la paz.

Un día fui a verla por la mañana, muy temprano, antes de ir a la escuela, con la esperanza de encontrarla dormida. La puerta de su casa seguía abierta y, en el interior, no había nadie. Me asustó la idea de que hubiera pasado la noche a la intemperie. Matilde se mostraba, por aquellos días, muy inquieta y desconcertada. Casi se reconcilió conmigo. Insistía en repetir sus frustrados intentos para lograr la recuperación de Elsa. A pesar de que sabía que la apreciaba con sinceridad, pensé que en su terco empeño también estaba en juego la eficacia de esos supuestos poderes suyos, que ahora fracasaban sistemáticamente. En aquellos días se limitó a esperarla sentada en el umbral de su puerta, donde permanecía vigilante mientras duraban las horas de sol. Después, en cuanto los últimos rayos desaparecían tras el Tajo Gallego, se levantaba con puntualidad para regresar a su casa. Ahora parecía atribuir un oscuro significado a las noches, y nunca la visitaba después de ponerse el sol. Alarmada aquella mañana ante la ausencia de Elsa, decidí salir a su encuentro y suspender las clases. Subí en coche en dirección a las cumbres nevadas hasta que el camino, borrado por la nieve, se hizo intransitable. Continué andando y gritando el nombre de mi amiga en aquella indescriptible soledad. Di muchas vueltas por lugares que identificaba con aquellos a los que ella se había referido. Al fin, en una llanura de un blanco inmaculado, descubrí su figura, su cabello oscuro, su rostro casi cristalizado. Estaba rígida, inmóvil, adherida a la tierra y formando parte de la montaña, igual que sus plantas, sus árboles, sus rocas, sus piedras... Todo se cubría por igual con la blancura de la nieve. Desde las cumbres más altas, desde el Mulhacén y el Veleta, picos helados e inhumanos, bajaba un viento enérgico que azotaba mi cuerpo. Aquel grandioso y gélido espectáculo se apoderó de mí. Nada podía hacer ni pensar. Al fin me dejé caer junto a Elsa, sobrecogida por el poderoso silencio de las montañas y de la muerte. Y me pareció que ella vibraba ahora con la misma pulsación de la tierra. Deseé dejarla allí para siempre, en aquel espacio, tan ajeno al mundo de los hombres, que ella misma había elegido para confundirse con él, para pertenecerle, como si por fin hubiera encontrado su sitio. Allí el tiempo transcurría de otra manera, se hacía otro, inmenso, quieto, inagotable. Durante breves instantes, su muerte me transmitió un hondo descanso. Pero, de pronto, sentí miedo. Un frío pavoroso empezaba a inmovilizar mi mandíbula, mis manos, mis piernas. Corrí a buscar el coche y lo acerqué cuanto me fue posible. Levanté lentamente el cuerpo rígido de Elsa, luchando contra la torpeza de mis movimientos, y lo dejé, reclinado, sobre el asiento trasero. En aquella operación tardé mucho tiempo, o, más bien, tardé un tiempo extraño, que no se movía, que no pasaba nunca. En seguida me alejé de aquel lugar sobrecogedor que había recibido a Elsa, envolviéndola en su paz inhumana. Creo que no pensé nada mientras conducía. Cuando llegué al pueblo, pedí ayuda a varias mujeres enlutadas que se nos acercaban temerosas y observándonos con curiosidad. Entonces, movida quizá por un repentino sobresalto de esperanza, les rogué que llamaran al médico. Ellas me ayudaron a bajar el cuerpo de Elsa hasta su casa. La tendimos sobre su cama y, poco después, llegó el médico. Ya le habían dicho que estaba muerta o que, al menos, lo parecía. Sin embargo, él la miró, dudó, trató de escuchar los latidos de su corazón, guardó silencio durante breves instantes y, finalmente, anunció que había muerto hacía ya más de veinticuatro horas. Matilde cubrió su cuerpo con una sábana blanca y, junto con otras mujeres, se quedó a su lado, sentándose en una silla y dispuesta a velarla hasta la hora de su entierro. Entonces, como si pensara que nada había podido hacer por ella en vida, como si se sintiera endeudada, insistió en hacerle un regalo ahora que ya estaba muerta. Le cedió su nicho. Así Elsa recibiría los rayos del sol a cualquier hora del día. Un amago de desconfianza me hizo intuir que Matilde deseaba liberarse de semejante lugar, que prefería iniciar de nuevo el largo camino de ahorrar para comprarse otro. Quizás así podía crearse la ilusión de aplazar su cita con la muerte. Yo quise oponerme, pero no me atreví a

166

impedirle su gesto. Y, en definitiva, sentí que ya nada importaba. Pero, imaginando a Elsa encerrada en aquel aseado agujero, propiedad de Matilde, de pronto, su muerte se me hizo real, espantosa. Ante aquellos siniestros signos: ataúd, nicho, cementerio, caí en una angustia irresistible y se me presentó la ausencia definitiva de mi amiga. Me arrepentí de no haberla dejado allá arriba, en las cumbres nevadas, en aquella hermosa tumba que ella misma había elegido.

En el salón de la entrada, junto a la chimenea, apagada y repleta de ceniza fría, encontré unos objetos que Elsa había dejado para mí. Los había ordenado sobre una mesita de madera, cubierta por un paño de terciopelo. Eran una flor seca y azul que, según decía, se llamaba «Amor en la niebla», una postal que reproducía un cuadro de Paolo Ucello: san Jorge y el dragón, una vieja caja china... y otros objetos que habían participado en su historia de amor, impulsando su desmesurado sentimiento. También dejó una carta dirigida a Agustín Valdés. Aún estaba abierta. Antes de cerrarla, no pude evitar el leerla. Le enviaba sólo un cuento de F. Kafka, *El silencio de las sirenas*, copiado a mano por ella misma. Había subrayado algunas líneas:

«... Ulises, que no pensaba sino en cera y cadenas...» «...de haber tenido conciencia, las sirenas habrían sido destruidas aquel día...»

Cerré el sobre y lo envié a su destinatario, sin añadir nada más. Temí que la muerte de Elsa no le impresionara como en los sueños en que ella tanto le había amado.

Capileira, 1979-80
y mayo-junio de 1985

INDICE

Este libro se acabó de imprimir
en los talleres gráficos
de Libergraf, S.A.,
Constitució, 19
08014 Barcelona